穿过锁孔的风

帕瓦龙 著

【帕瓦龙诗选】

長江出版傳媒 | 长江文艺出版社

自　序

对于诗歌的热爱，我相信从古至今不乏执著者，他们中的优秀部分用简洁、透彻和意味深长的汉语语境，使一代一代读者体会到汉语文字用诗所展现的自然优美、人性锤炼和感知提升。我也一直相信，诗是心灵的产物，是物与灵的结合，是语言在诗的形式下一种生命活动的优雅状态。

我的诗歌写作始于上世纪八十年代初，那是一个人们思维和生存方式发生转变的年代，诗歌无疑是那个年代文学最热门的倾诉形式。但有多个年头，我一直没有好好静下心来从事这项非常个人的爱好。直到 2011 年，我重新回归诗歌写作，并于 2013 年 5 月出版个人第一部诗集《站在远处看自己》。我这个自诩从上世纪八十年代初写诗的六〇后“老人”，才算真正开始用诗歌来梳理人生的感受和生活经验。我内心的诗歌质地和风骨也在经过多年浮躁沉淀之后复归平静，且渐渐丰盈和灵动。

我从不隐讳我是一名游离诗歌圈以外的写作迟到者。同江湖无关，我不太合群，只是作为一名民间的诗歌自由写作者默默存在，以淡泊之心享受诗歌写作的乐趣。这种姿态，我无意放大它的意义，但它的确特别吻合已年过半百的我，我觉得我的人生已迈进到放下和“退火”的阶段，于诗歌也需要更加纯粹的心情去拥抱。

或许是到了知天命之年，看透了人情世故，明白了虚度年华，知道了自己几斤几两，从而变得坦然和从容。最近几年，我一直沉浸于诗歌带给我的心态，并以谦卑之态，尊重和享受汉语语言本身具有的无限魅力，用心灵锤炼和提升的语言，来表现我对诗歌的理解及它的生命活动。向古人学习，我把道法自然的思想融入诗歌创作理念，自然和身心的结合，心中才会有物有悟，语言才会生动和有张力，诗人才有胸襟和格局。诗歌始于气质，终于灵魂；诗人则是灵与肉的统一，写出好诗者必先做个好人。这是我的理想，也是我一生为之努力的方向。

我的写作倾向心灵，我喜欢冷峻的抒写，也喜欢淡淡的叙述。在生活与诗歌的交错和互动中，我写下大脑过滤之后分行的语言，它将沉闷和寡淡的日子，变得清朗和开阔；将焦躁和忧郁的心情，变得轻松和欢悦。作为一个理想主义者，我不隐瞒我对诗歌有宗教般的情结，我怀揣想象，坠入梦境，用语言构筑我营造的世界，用诗情拯救自己的灵魂。

我赞同希尼先生的观点："既有优美的抒情，又有伦理思考的深度，能从日常生活中提炼出神奇的想象并使历史复活。"作为一名多年关注生态的野生鸟类摄影人，我每年都会抽出一定的时间去国内外各地拍摄野生鸟类。我拍摄鸟儿的飞姿，聆听它们的欢歌，也把人类对生态的破坏、对鸟类生境的残酷挤压等现象，同我的诗歌创作结合起来，用文字写下我的思考，即：敬畏自然，关爱动物，尊重生命！

寻找大自然中的鸟类同诗歌的契合点，我觉得这点特别有意义，也是我力争我的诗歌作品区别于他人的一个明显辨识度。

我也特别膜拜爱伦·坡先生所言："诗的直接目的是获得快感，而不是求得真理；诗的目的是获得含混的而不是明确的快感，只有达到这一目的才是诗……"之所以引用，是他把诗歌的特性和本质说得经典和透彻，也把诗意只能意会，表述得十分到位。在此，也是自勉在今后的写作里把诗写得更富有诗意并传达出美的快感。

2015年7月　杭州

目　录

第一辑

耐心和自己谈谈

冬至的秘密

一

日落坚持了很久
在粼粼波光里，在鹭影
啸声里，终于在禅钟敲响前
无力吼了一声，被一年里
最长的黑夜覆满全身

我的喉咙隐隐涩痛，我想
找一面墙说会儿话

二

错过了一年二十四节气的大部分
如此淡漠，我好像真的很忙？
忙到没有时间发呆？忙到
没有过节的心情？

夜色温润，哪怕十二月的寒星如此寂寥
在灯下备好纸笔，我写下：冬至
百无聊赖中推开一扇门

三

无法割断的邀约
因为血缘，在这一天固执呈现
这些密码一生影子般追随

十多年前，我用父亲
给我的一双手埋葬了他
也永远终结了同他一起喝酒的心情

四

素净的灵魂在提琴声里抿紧双唇
枯荷在冰裂的湖面上恬静沉睡
等待空荡荡的风由凉转热
一解而放

2014.12.22

需要一种纯粹

以纯粹的姿态
面对一段时光，不用怀疑
回音是否还在我耳旁吹拂

遥远的承诺
梦一样回访在深秋之夜
风串起一片片熟落的记忆

一杯咖啡沉醉一片温馨
渴望为你浪费一点时间
用一些遐想，一些沉吟

我的灵魂被飘浮的烟草缭绕
用一段文字降低睡眠的深度
星空带走全部的落寞

生活依旧邮车般往返
许多风景是一种宿命
面对自己，需要一种纯粹

2013.5.17

有空读首诗

日子寡淡
清明前的雨如约而至
陈茶在杯底沉落
窗外，林间鸟翅扑动
我的骨节，春分后
发出低沉的脆裂之声
听见旷野鸟雀婉转啼鸣
面对不断入侵的喧嚣
做着最后的抗争
天空灰白，睁开或闭上眼睛
都不重要
我被朝九晚五的体制所捆缚
一生还能抵住多少沦陷

樱花时节
一把旧伞，撑开童年的记忆
同远道而来的燕子啄泥筑巢
看往事一片片在暮光里遁形而逝
我的半生想对自我作个总结
道歉显得虚伪
我同我之间的故事
永远像一首
开了头永未写不完的诗
那张倦怠而温暖的脸

并不代表
我跟诗神特别有缘
可这不影响我有空读首诗

2014.3.25

大门朝西

大门朝西，只有在
下午的逆光下才生动起来
闪着光的车窗风一样刮过
行道树微微颔首
每一张轮廓光里的脸，隐匿着
种种缜密的心思
唯有长长的、些许不安的影子
暴露出对这个世界种种企盼之情

一种莫名的诚意在内心涌动
对着夕阳，我仅有的一点诗兴
在电脑前一片冰凉
许多熟悉和不熟悉的脸
在大门口倏忽一现
逝去的和尚未熄灭的生命
曾经都同我一样在此进进出出
刀削切过的时光蝉翼般脆薄

我正以最快的速度迈入中年
偶尔做梦，偶尔昏睡
用剩余时间回忆和告别
不玩微博，不发微信
找最好的朋友坐坐饮一壶老茶
说一堆很快容易忘记的话

再像一只老去的乌鸫安静下来
大门朝西，窗台上的绿萝通体碧翠
每一条筋骨脉络似乎不再虚空

2015.5.29

2004 年在新天鹅城堡

巴伐利亚的新天鹅城堡
也叫白雪公主城堡
它是我小时所玩过的
无数积木和梦里城堡的真实版
听完城堡主人路德维希二世
迷恋茜茜公主
令人唏嘘的爱情故事
我突然想到了
我一生中最重要的女人
我用手机
给她们一一发短信
只说一句话：
我在新天鹅城堡想你们

那是 2004 年
42 岁的我突然又有了冲动和浪漫

2015.7.1

想到那些看似颓废的脸

那些看似颓废的脸
在月光的蚀刻和白纸的衬托之下
竟变得如此生动和可爱

卡瓦菲斯说：写吧
写出内心，直到星辰挂满屋顶。
卡佛说：当一个诗人就等于让自己
生活在阴影里不被人注意。
而布罗斯基则谦虚到了牛逼地说：
那些遗忘我的人足以建成一座城市。

我喜欢在阴郁的午后
慢吞吞抚拭那些看似颓废的脸
我要让我的表情也变得生动和可爱

2015.7.5

想象中的巴黎

反正在巴黎的大街小巷
我一定得拥有一个漂亮心仪的女伴
在香榭丽舍大街、塞纳河
巴黎圣母院、卢浮宫、埃菲尔铁塔、凯旋门
和愈来愈萧条的莎士比亚书店
我们穿一样的情侣装，搂着腰
挽着手、脸贴着脸说些浪漫虚无的话
在萨特和波伏娃常去的咖啡馆
吃浓浓香草味的冰淇淋
喝一杯看着日落忘了时光存在的法式咖啡
在堆着加缪著作的旧书摊前
买几张印象派大师莫奈的明信片
寄给久未联系的老同学
在夜色降临之后，坐上地铁
去看一本四十年代的二战经典爱情片

只有这样，我才会觉得
在巴黎的每一天每一分钟都是生动的

2015.7.2

读卡明斯基《舞在敖德萨》

半夜醒来，嘴唇
脱身在阳台默默吸烟
梦的节奏已然不能证明
曾经真正拥有什么

倒着读一本诗集
卡明斯基的冥想
似乎更适合在沉睡后
推开一扇漆黑的门
流亡的严酷，毁灭不了
他对人类灵魂的自然祈祷

一个聋子，听不到
世界每天发出的声响
却用纯净的目光
精确解读了看到的一切

2014.4.13

冬的邂逅

冬的邂逅是一幅水墨的影子
悠远中弥散着淡淡的怀恋

桨声灯影摇曳着水乡的迷离
拱桥上人影绰绰
暮色的石板街，你仕女的身姿
仿佛从古老的画上朝我走来
回眸的微笑
让风停止了呼吸
真不知我的目光是如何同你交汇
陌生的街角一遍遍蓦然回首

冬的邂逅无须太多的理由
就似小提琴的颤音
一下子扣动了心底的扳机
沉寂的水面，突然被石头砸出涟漪
不需要什么结果，学会欣赏
用一些交流抚摸彼此的感觉
心灵在一瞬间丢失
不去管岁月会拂袖而去

阑珊的冬夜，凉风习习
推开一扇扇雕花木格窗户
月光的表情融进了紫砂壶

在一杯杯茶水的脉搏里
也不去想以后的你
同谁十指相扣，生死相依
木箫的吟唱穿行在十二月的街巷里
不惊醒冬夜水乡的梦
我只带走一个挥别的吻

弥散着淡淡的怀恋
冬的邂逅是一幅水墨的影子

2012.12.16

幻想无所事事

和煦之风
吹醒荷塘一脸倦怠
雨声滴滴答答
走过街巷同夜色浑为一体
潮湿的霉味熄灭了檀香
几粒药片在胃里泛起白色泡沫
这个夏天，我一直
幻想无所事事

雨声踏过庭院
一只猫发出柔婉而犀利的嘶叫
一段时间了
这只猫为情所困，就像
隔壁前院别墅住过的一位民国夫人
香销玉殒多年
而她的痴情和逸闻
一度让我纠结在她的故事里

六月里蚊蝇出巢
酣梦被嗡嗡飞舞骚扰惊醒
门扉半开，一叠泛黄书信
连同潦草的字迹
咖啡沏成的不眠之思
如飞鸟的薄羽掠过忧郁的窗口

幻想一张脸丝绸般优雅走近
在落叶萧萧的天空里放逐自己

这个夏天
我一直幻想无所事事
想离开这个世界一会儿
似蜷缩的蜘蛛沉迷于长夜之黑
让绵绵雨水
在覆满青苔的石板上无尽流淌
梦境里同一只猫
还有一位夫人相约而过

2012.5.17

江上的月亮

月亮高悬，江水看似清冽
捕鱼人不见踪影。现在
滩涂锐减，一条条乌龙
扎入江心吞噬母亲河的魂魄

六和塔，在月轮山上
镇守眺望。人们
到此一游，没人应答
钟声回荡江面的阒寂之问

潮水依旧，巨浪之躯
磕碎于坚固堤岸。它日夜
咆哮悲鸣，唯有
江上的月亮温柔望着它

2015.6.24

那一夜

那一夜，我从躯体走出
一条未名的路
在临近枯萎的季节延伸

夜灯孤独地与我相随
星光裸露一贯的冷漠
颓墙边猫鼠一窝
一片森林在候鸟迁徙前沉沦

我梦见一块老式怀表
时光嘀嗒，一匹白马轻盈掠过
激情在潮汐中退去
巨蟹星座的模样在月光中蜗居

一些祖上的男人从墙上下来
如爷爷、外公还有父亲
同我促膝交谈
并送我一些泛黄的回忆

不因沉重的空气失落尘埃
也不因荒凉而自甘逃亡
一些灵魂站立了很久
他们的铭文布满了我的掌心

一些意念，一些诗句
还有一个女孩朝我招手
梦醒时分，太阳走进了我的卧房

2012.2.7

刚过七夕

子夜一点，七夕刚过
月亮在天宫泻出一片银光
古老的节日受人怠慢
连七七还是文魁星的生日
也少有读书人记得
我并不急，只是需要一些理由
让寡淡的夜生动起来

我不想用手机、微信
撩动那些远去的日子
我知道你去了很远
远到了只有爱琴海的水
才能抚去很深的记忆
远到了只有隔着天界的云
才会忘却牛郎织女的传说

银鸥多年前坠落海岬
性感的身影在丛生的白发里淡淡散尽
你我互不相欠，不需要
太多辩词为已然了结的故事开具罚单
烦躁的世界与我无关
沉默变得珍贵，七夕之夜
尤为适合一个人起身对自己说说话

2014.8.3

孤 独

孤独就是世上唯一同你厮守一生的人不在了，就是真正听你叙说和唠叨的人没有了。

——题记

十年了，老太太已习惯孤独
习惯了一个人吃饭
习惯了一个人在屋里说话
习惯了一个人在夜里想念她的老先生

老先生离开十年了
老太太只在老先生化为轻烟前那一刻
紧紧握住他冰凉的手时
狠狠哭过一次

十年了，阴阳两界
老太太觉得他俩一直在一起
她每月一号，准点坐公交来到这座郊外的坟地
一坐就是一天
拭净碑上的灰尘
端详老先生的微笑
再聊些旧事

她记得大学里
他第一次给她递纸条的样子

那个年代，她都不知道这就叫艳遇的开始
她不是被他的激情打动
倒是被他一手漂亮的硬笔行书所吸引
字如其人，她小时听爷爷讲的
就凭这一条
大学后，她义无反顾地嫁了这个同龄人

十年了，老太太八十三了
想到在外风吹雨淋日晒的老先生
老太太倍感歉疚
看着墓地右边自己的空穴
她心底里一遍遍对老先生说
等我到了那一天
就永远同你不分离了

2014.7.16

古镇小住

在古镇，喝完酒后
昏昏睡去
窗外，月光皎洁
桨声在睡梦里忽远忽近

夜半，沉闷的更声
在巷子弥漫
醒来，喝了一大杯水
才舒服
环顾四周，我才看清
这客房是由
早年当地大户的厢房改建而来
“兰苑小筑”
一块暧昧的厅匾
似乎拨弄着我的某种情绪

一缕幽香轻若烟尘
在古代，我一定
也堕落一把，学学
西门大官人好上潘金莲的滥情
尽管我到了很大年纪
才读过若干章节的《金瓶梅》

可以肯定，这个厢房

有过故事
是缠绵的风月，抑或
唏嘘的情缘？这都不重要
重要的是
今天我无法逃避地
睡在这张
曾经有过男欢女爱
还泛着历史包浆的雕花大床上

而且做了一个低调且有点色情的梦

2015.5.30

南宋时间

南宋时间
一百五十二年
很长也很短
长的是这么久的时间
竟没有恢复中原，直把
临安当了汴京
短的是没有一个人能活这么久
昔日御街，旗幡招摇
络绎不绝的酒楼茶肆胜似当年

再也写不出
壮志豪情爱国激愤的词了
透过灰飞烟灭的皇家宫殿
剔透的官窑冰花纹
在烟雨覆盖的尘埃里
闪烁着令人心碎的晶光
抬头看这个世界
七百三十五年似一片一片凋零的树叶
无声地隐匿在凤凰山的苍茫里

租一辆木轱辘牛车，轻叩
月光冰凉的城门
我的人生已然过半，年轻时
狂热的政治信念

已羞于同自己启齿回味
孤独的灰鹤，一生为风雪追赶
在被人类灭亡前
完成着一次一次迁徙的使命
世外聆风，梦中开悟
南宋时间
说长很长，说短也很短

2012.7.13

秋水山庄

秋水山庄，已物是人非
傍晚，我又一次来到这里
四周尘垢的景象
经过多日雨水的浸洗
透露出一口珐琅质假牙般的光洁
山庄上空的法国梧桐窸窸窣窣
宛若昔日女主人温情地说着话
她凄美动人的故事
犹如一曲弦断琴焚的《广陵散》
对她早早遁入佛门，我一直
颇为感慨，我只能
在她早已散佚不见的焚香诵经
似滴水的时光里，想象她
一度迷恋秋水伊人时的清澈目光

至今，山庄的镂花铁门
从没轻易打开过
据说，当年自从她离开后
山庄大门的锁就永远打不开了
我不知真假，但我相信
她一定带走了她该带的东西
仲夏，北山路的街灯恍惚而迷离
互相搂抱的男女不时从山庄前走过
孤坐山庄旁的咖啡吧，我看不清

我杯里的表情
咖啡已经没有了一点民国的味道
夜幕里，一只夜鹭
依然守在荷池边，显然
它心里还渴望一条不大不小的鱼

2015.6.23

耐心和自己谈谈

一

找点时间
用诚挚而温情的语言
像一个人面对另一个人
泡上十年陈的普洱
放上轻柔空灵的背景音乐
耐心和自己谈谈

二

生活日益黏稠
好在空气依然是免费的午餐
只是口罩、空气净化器
突然走俏，还是
让久居江南的亲戚措手不及

忧郁是一枚廉价的徽章
流浪猫打着喷嚏，老人老眼昏花
看着学童归家陷入沉思
或许他看到自己
驮在牛背上的童年，笛声悠远
那时的蓝天碧水令他难忘

三

江南，依然是江南文人
喜欢的标志，不惜搁上樟脑
藏入陈年樟木箱，直到出梅入夏
烈日下暴晒三天
才肯示于人，只是那股霉味
湿腻的感觉，依然宛如
走在江南狭窄而多雨的巷子里

江南，酒后的忧郁
依然是文人的陶醉
他们谈陆游，谈唐婉，也谈陆小曼
张爱玲，风月不知疲倦
在《钗头凤》里招魂
在陆秀夫的惨烈和南宋末年
种种不堪回首的往事里
一杯杯酒水穿肠而过

四

屈原走后，从此
江水有了说不尽的故事

端午，这个延续了
两千多年的节日，必定
是他生前万万没有预料到的
龙舟、粽子、诗会……
是一出年年演了又演的戏

喝几盅浸泡多年的雄黄酒
菖蒲、艾蒿悬于门前
屈原的脸色依然憔悴沉重
他的诗已很少人去读

五

那些为苦难感动的人越来越少
曾经闪亮的光影渐成旧忆
木头的腐朽不是一天两天了
穷人眼帘低垂，富人依旧为富不仁

我被搁置在时间以外
我曾自作多情，幻想组合
被风踏碎的风景，幻想
海明威一样去海上与鲨鱼搏斗

六

或许这世上还剩下一张脸
记得我在世时的
微笑和不太漂亮的诗句

我知道
我的单纯超越我的天赋
我仅有的才能
是炎炎夏日里幻想无所事事
找些慰藉自我的文字
麻痹自己

在一生仅有的

几件高尚事情面前
装些斯文、格调和友善
先喝一杯拉菲红酒
再喝一杯伯爵红茶

然后，自信地对自己说
至少有人会一辈子记得我

七

所谓一语成谶
一辈子总有那么几次
被不幸预料说中了
一些事就是这么发生的，一些人
就是这么走的，所以讲
平安即最大的福报

夏夜，一把蒲扇把我扇醒
抬头看到
父亲隐没月光后的脸
父亲节刚过，他就把他
投胎转世前的表情快递于我
说明他尘缘未了，记挂着
他曾经最亲的人

我不去灵隐寺烧香
但相信以诚待人，善有善报
我无惧
黑暗渐渐吞噬我的生命
也无惧
不如意之事露出狰狞微笑

八

七月，终于到了七月
我炎炎的出生月，西湖荷花开了
日子似乎有了些许浪漫

各色各样的人
流连于荷叶莲蓬，一幅幅
古板的风景毫不吝啬地炮制出来
不屑于那股腐朽之味
我要亲手烹饪一碗藕粉莲子羹
端给心爱之人

在秋蝉开始脱壳、蟋蟀谈情
椋鸟思乡之际
我要沿着日落布满树冠的山阶
上趟宝石山，在山顶眺望一眼
我居住多年的城市
顺道去“纯真年代”坐一坐
或许会碰到一张熟悉的脸

2015.6.21

失去得如此彻底

岁月带走了一切
在墓地，这种感觉
突然让我的脑门生出空白
点三炷香，烧一打锡箔
清明，又这样
祭拜了去世十一年的父亲
往事沉淀于心灵
时间的步幅
让曾经触手可及的事物
失去得如此彻底
那一天，看着你
被风驰电掣的救护车接走
医院一年又被接尸车拉走
最后，了结在一团熊熊烈火中

此刻，在这座公墓
你安安静静地躺了十一年
你墓碑上的微笑
只有我知道
你生前多么哀怨生命的短促
那些心爱的年月，吵闹的日子
因为失去又变得历历在目
一个男人，一个父亲
该用什么样的词

来描述你一生的角色
不再与我交流，墓地拥挤
你像一只角鸮孤独坠落
黑夜是一面镜子，它让白天
失去得如此彻底

2014.3.27

四　月

一

四月，每次都一样
稀里糊涂又很快将过去了
没有过多的兴奋和激动，也没有
太多的失落和悲哀
该来的来，该发生的发生
过得平淡质朴，也过得从容自在
每天朝九晚五，为养家糊口
我早已习惯把自己打扮得规规矩矩

二

减轻雾霾，我用走路替代开车
每天走一万步，甚至更多
为了考核，有事没事
我都出去瞎转几圈
傍晚，喂几只流浪猫
还为那只患皮炎的黑白老猫
网购特效药水，每天抓住它喷一次
它的眼光对我又爱又恨
周末，我去两次菜场
买上可吃一周的菜

三

我不得不承认我有点啰里啰唆
我知道，我最好的时光
几年前就抽身而去
我错过了不义之财，也错过了
一夜暴富
我不信基督，却爱读《圣经》
我相信冥冥之中
上帝的眼睛看着每一个人

四

清明，又上坟去看父亲
十二年了，他碑上的面容
在风雨浸润下又多了些岁月沧桑
他曾经很留恋这个世界
直至临终都挣扎着一颗活下去的心
我想现在他该坦然多了
我告诉他，十二年来他的许多朋友牌友
都去找马克思报到了
你们可以经常凑成一桌搓麻将了

五

四月，春风沐浴
生出许多无端的爱，对别人也对自己
用一生的善良
虚构我将要降临的晚年生活
清晨在小鸟啁啾里醒来

上午读几页一生都读不完的书
下午在僻静的湖边呆坐发愣
面对黑夜，不再羞愧
宽恕一生所犯下的种种过错

六

真的，四月是一个很快过去的季节
也是一个极易忘却的季节

2015.6.3

听安德烈·波切利

如果上帝会唱歌,那听起来一定像是波切利的歌声。

——席琳·迪翁

一种天籁之声
纯净得不受世界任何污染
它叩击心扉，撼动灵魂
安德烈·波切利
一个学法律的盲人歌唱家
我找不出
最美的词来赞美他

在古典和流行之间自由跨界
也只有他，用吃惯了
意大利通心粉的迷人的咽腔
把每一个
高低飘忽的音节，拿捏得
如黑衣忍者
收放自如的刀术

晦暗的雨天下午
我来来回回
听他的《热情相吻》《我相信》……
我很想与人分享
托斯卡纳人的浪漫气质

还有徐徐吹来的地中海的风
直到天色黑沉
红茶淡去

2015.6.8

与心爱的人一同走进雨夜

日子微熏，栀子花静放
需要泡一壶红茶，让每一片叶子
像倾城而落的雨，沿着屋檐
沿着我身上的每条经络渗出血来

黑沉沉的街巷
雨雾迷蒙的路灯，恍惚的人影
远处教堂凝固的钟声
我喜欢这样的雨夜
听到湿润的风声在胸口回荡

不错，我要出门
搂住一个纤细温情的腰
让所有的话语沉浸在雨的飘零里
所有的风光迷失在夜色的肃穆里

就这样，我从红茶泛滥出的情绪
将你我揉碎，我需要度过一个梅季
等待青梅果熟，撑开一把
快被岁月遗忘的油纸伞
与心爱的人一同走进雨夜

2015.6.17

往 事

在多雨的初夏
往事随着雨水淅淅沥沥洒下来
顺着廊檐滴落天井，滴落到
庭院内多年的老水缸里
我的记忆如供台上的缕缕青烟
绕着屋梁飘向天空

呵，多么熟悉的身影
如今穿着逶迤的莲花裙衫
清风吹拂相望的眼神
宛若多年后邂逅旧时的恋人
双鬓斑白却内心交加
只有微笑时还露出年少时的羞涩

那曾经多么熟悉的青春岁月
如今还有多少记忆停留在那一刻
一路走来的旅途
忧郁而渴望
在蝙蝠的呼唤里，我的梦境
看到满天星星泛着光亮

珍惜曾经拥有过的
哪怕它或多或少伤害了你
在这个多雨的初夏

往事随着雨水淅淅沥沥地落下来

我在台灯下把它们捆扎好

等到秋天，埋在一棵高大的银杏树下

2012.5.30

我喜欢

我喜欢
夜色静得
只有猫走过的步声
灯光下
我的目光在文字里跳跃

一杯茶、一首淡淡的乐曲
所有的事与我无关
同自己娓娓而谈
我走回我自己

我喜欢
秋色残阳
芦花和大雁白鹤共舞
湿地里
我的魂魄在雁声鹤鸣里流放

天涯海角，风轻云淡
所有的事与我有关
快门脆响的感动中
我走回我自己

2013.2.10

无名之痛

有一种痛无以言状
它隐隐地在心里
像一层雾在眼里溢出灰色的泪
缠绕多年的青藤
在日出之际发出低沉的脆裂声响
睡眠依然不足
太多的心事，足以
怀疑对这个世界的真诚
我拍打我的肩膀
像乌鸦抖动受伤的翅膀
安慰自己，用一瓶烈酒
和半截人生作个诀别
写一首纯粹的诗，让久违的大雁
穿过月亮
回到记忆的深处

雨喋喋不休，离出梅还有些天数

2015.7.2

月光落进瞳仁的日子

找点灵感和所谓的诗意
很多日子寡淡，无味
甚至有些塌陷
我看不清我坐在哪儿
头顶孤月高悬，我很渺小
像手上的尘粒随时和风一起消失
黑暗隐匿的符咒
在翻滚的云隙悄然涌动
遥远的宫廷，玄鸟梳理着黑色的羽毛

我在字里行间避世
像魏晋之士流连人间绝响《广陵散》
文人之腰，刚柔并济却极易受伤
我学会喝酒，必然也会
像父亲一样黯然终老，时间
坦白一切，也证明太阳下的黑影
很快被满头白发覆盖，我细数
月光落进瞳仁的日子
旷古之音湮没于心

2015.6.14

月亮在飘

七十年代末的月亮
盘子一样
在庆春门头上飘
也在贴沙河的水面上飘
整个晚上
头上的和水上的
一直静默无语，互相看着

这就像
我七十年代末的爱情
朦胧而羞涩
还有点傻
那时，我嘴拙
对她半天说不上几句
只有当隆隆的拖着长长烟带的
蒸汽火车开过时
我才意识到夜色已深
会对她说，你看
火车又开过了一列

而此时，月亮依然在飘
它跟太阳一样，也是往西

2015.6.9

坠 落

星星淡了，枝头空了
这是一种平淡而自然的坠落
人被诸事羁绊，在逐利中烦恼
久已没有自然之心
只有纯粹的生命，如灰喜鹊
虽辛苦、随时陨落，却活得干净剔透
不像人与人之间尔虞我诈，还要
常常被意识形态牵来拎去

干干净净地坠落
这是我向往很久的感觉
拼命登顶，毫无兴趣，我就奇怪
为什么人人要争第一？每天醒来
我在梦里寻找散逸的星星和不见的花魂
镜子里的白发比一个月前又生出不少
无须慨叹时间的流逝多么无情
学学灰喜鹊对生命更加坦然和纯粹

2015.6.30

做想做却没有做的

真的、假的，已到中年
坚持或者放弃，毋须太多理由
该看的、不该看的，看了
该做的、不该做的，也做了
剩下的，就是做想做却没有做的
风早已扑面而过
我躯体里的瓦罐剩下多少自己？

眼神混浊，看东西越来越近
我的老去比一棵树快得多
秋叶纷飞，来年开春又送来满目苍翠
我的白发却没有转黑的机会
我舒缓的步子，一生没逃避喧嚷的拥堵
如此地逼人，刀锋剔过骨头的脆响
时光在掌中寥寥无几

白鹤是选择的大师，它坚持迁徙
严冬降落，毅然放弃故乡，选择南下
精确地在人类边缘找到生存的位子
银杏学会坚持
等待一夜秋风吹拂满身金甲
我无需等待，是到了做想做却没有做的时候
做想做却没有做的时候

2014.10.2

致保罗·策兰

夜猫轻声走过巴黎
雪地的爪印踏碎了月之脸
那年春天，诗人走得有点急
风一下子缝合了天空鸟的鸣叫
站在米拉波桥，寒星叩开睡意
游船依旧在塞纳河上淌过
教堂塔尖迷失在历史的残篇里
雪覆盖墓碑，惊醒灵魂，修道院的钟声点亮梦游背景
一些忏悔和祈祷徘徊在圣像四周
长笛亲吻紫罗兰的花瓣
碎裂的芳香超越了年代的现实

雪霁之夜，我无法睡眠
一棵白杨站在冰冻的边缘
枯寂的身躯迎风立在那里
烛光下，面对保罗·策兰
诗歌不再孤独
用一份执着，一份谦卑
掸去散落岁月的浮尘
把心爱的句子揉进漫漫长夜
一生中，有的人明明走在了最前
却总是自己悄悄站在最后
而有的人恰恰相反

2012.11.11

走进虚无的房间

推开一扇门
房间接着房间
我的意象、语言和一份渴念
如一朵身影相随的无名之花
窗外临时搭建的天空
飞过喙衔树枝的鸦雀
暗香浮动黄昏夕阳的空气里

看见有些东西在心头滋长
它撩动神经
窥见了风在情感里波动
并让一段日子沉溺于莲花的身影
阳光在雨水里忽隐忽现
明前龙井静卧杯底
一些话语沿杯口与我彻夜交谈

走进虚无的房间
半夜梦见自己在巨蟹模样里挣扎
一座车站铰下我半生车票
几本旧书和一个意念的心仪之人
将同我穿越肯尼亚马赛马拉草原
在角马滚滚的迁徙声里
相拥而过

2013.2.20

在北海道

冬季，去北海道看雪拍鸟，于我就像完成一个多年许下的承诺。

——题记

阿寒町的丹顶鹤

站在皑皑的雪地里
丹顶鹤不感到寒冷
它们或觅食，或引颈高歌，或打斗
或款款踱步，或展翅飞舞……
空灵、无虚，仿佛从空门而来
全然不理睬我的拍摄

我第一次来这里，就是
想亲眼目睹你睥睨世界的样子
都说你傲世孑立
实在是有人太世俗，太庸碌
你一生爱情至上，忠贞不渝
想到人情寡淡和堕落
我只有羞愧望着你

砂汤的白天鹅

屈斜路湖，也叫砂汤

意谓热砂上的温泉
因为地热，冬日的薄雾
似梦幻曼妙
天鹅就像故事里说的一样
憨憨地看着我的镜头一点不怕
讨吃食物的样子，没半点矜持
悠闲的生活
似乎早退化了天然的野性
我们更像来到了动物园

摩周湖

它是山神的湖
是阿伊努人的湖
是世上最清晰透明的湖

它群岛环抱，静若处子
像上帝掉落的一颗眼泪
脸上挂着神秘的酒窝

我有一种莫名的情结
既然它是一座神湖
我相信它一定是有灵魂的

知床旅情

去知床半岛罗臼的路上
雪飞飞扬扬，心里
突然涌起邓丽君唱《知床旅情》的感觉
这首加藤登纪子唱红的歌
邓丽君也曾如痴如醉

唉，日本总给中国人很多纠结之感
有无数的情和恨
难解难分

知床，阿伊努人谓之大地尽头
可见岛国人民
受困于茫茫大海的悲凉
知床半岛的对面
就是若隐若现的北方四岛

每年，来自鄂霍次克海的冰块到此
形成壮观的流冰现象
这个世界著名的自然遗产
吸引了大量游客，也吸引了
全球数量最多的虎头海雕
白尾海雕和无数的海鸥

那里的水妖，每天在渔船经过时
轻轻吟唱，海鸬鹚盘旋
笨笨的棕熊在树后探头探脑
长耳鸮在夜间凄厉啼唤

音羽桥上看雾凇

音羽桥，听到名字
宛若无数鸟羽
绕着一段意蕴优美的音乐翩翩盘旋

还是站在这，一群疯子
从遥远的他国飞来
五天了，在零下 18 度的雪地上

一站就是几小时

此刻，黑漆漆的天边
唯有寒星闪烁
我心里祈愿上帝保佑
再拍不到雾凇
我只好灰溜溜打道回国了

循声远望，一群丹顶鹤
夜夜在此憩息
它们头颈埋入翅膀，单腿一站
就是一夜，但这并不唯美
音羽桥之美
美在日出、雾凇、丹顶鹤
三者气蒸霞蔚，浑然天成

水面泛红，雾凇晶莹剔透
一家三口的梅花鹿
悄然涉水而过
丹顶鹤开始醒来，引颈长鸣
我终于听到金色的霞光
在薄雾缭绕的空气里阵阵震颤

别了，小樽

冒着稠密的飞雪
一座八爪鱼般的小城
我还没有太多的感受
就走了

我一路看到“白色恋人”的广告

俨然似品味雪国的一个梦
暧昧的情思，昏昏然生出几许非份之念
年轻时我一度幻想
一场轰轰烈烈的邂逅之恋
渴望疯狂，渴望情色

如今，天地素裹
漫步运河之畔，寿司店关门
玲珑的八音之乐没人弹奏
所有的罗曼蒂克
隐匿在雪的肃穆里

来小樽需要一点想象力
在冬天想着夏天，夏天
幻想雪景，在旺季怀念淡季
在寂寞中追忆繁华
别了，小樽！

札幌之夜

雨夜的札幌有些迷离
出了狸小路
拎着给妻女和朋友的礼品
我开始瞎逛

札幌，一座秩序和文明
非常好的城市，它让我想起
早年留学日本的李叔同、孙中山
鲁迅和郭沫若……
也让我想到裕仁天皇、东条英机
松井石根和安倍晋三

其实这些人于我没多大关系
我只是想想
尤其在日本的土地上想想这些人

在异地，总有一种落寞
我在高大闪亮的霓虹灯下穿行
一个人出去
必定也是一个人回来

2015.6.16

第二辑

把灰鹤还给天空

同一只鸟共度一段时光

在乌云疾走
暴雨未落下之前
我想静下心来
同一只鸟共度一段时光

枫香树在起伏的鸟鸣声中沉思冥想
一只鸟隐逸春色缭绕的树枝间
歌声满怀心事
曲折的风声里，听见忧郁和无奈
一些烫手的情感附身我的魂魄

一张脸，一段故事
感到时间在目光中流失
梦的皱纹里流星掠过
雨夜温情的敲门声里
一封印满唇印的书信徘徊在书桌

人生不如像鸟一样度过一生
啄衔几颗谷粒，择良枝而栖
用唾沫建造一所新房
同心爱的女人生儿育女
在莲花吹拂的风里白头偕老

喝一杯春茶

听一些呓语

在暴雨未落下之前

坦然地同一只鸟共度一段时光

2012.4.25

把灰鹤还给天空

把灰鹤还给天空
寂然的风
便有了久违的歌声，乌云
也毋须韬光养晦

三十多年了，那双无孔不入的手
让夜变得更黑
直到牙齿松动，鬓发苍白
芦苇低下卑微的头

哦，走过多少次？
在蒙羞结痂的记忆里，做一回
不再迷路的灰鹤
循着最早的早晨回到童年

2014.5.30

白　鸟

白鸟从来没有变为神鸟
尽管自古有人
将它图腾顶礼膜拜，或将它
画成美图挂置墙上细品慢赏
终归是一厢情愿

白鸟一生游离特权之外
浪迹天涯，似早先的隐士
同江湖保持一段距离
红尘短暂，它不做别人编好的梦
一生只按自己的轨迹飞行

需要一片竹林，一条溪流
几棵做巢的大树，还有
丰富的昆虫，它喜欢
和乡下的农民住在一起
养儿育女，过普普通通的生活

六月多雨，站在湍急的溪边
看它像一条白练在竹林树间穿梭
清亮的啼鸣透过雨丝幕帘，冥想
凝固在翠竹绿叶的水珠上
我学会安详并将虚空轻轻埋葬

2015.6.21

北京的春天

四月，白广路两侧已呈新绿
柳絮飞舞，春情萌动

窗外，一家老四合院的屋顶
一对猫咪正在缠绵
母猫发出疼痛和欢悦的嘶叫
低吼的公猫
充满了一次滥情后的满足感

雾霾依然微拂
喜鹊在风的裂隙里呱呱穿行
昆明湖的凤头鸊鷉
终于又回到了恋爱的季节
它们争斗，求偶，煽情，亲昵
为了传宗接代
毫不避嫌地疯狂做爱

北京的春天
虽短暂
却能感受到它剧烈的心跳

2014.4.11

丹顶鹤的爱情

不畏惧
零下二十多度的严寒
丹顶鹤从雪地款款走来
在晶莹的雾凇前
挺胸引颈
用力地，把一声声长鸣
送入雪花漫舞的空中

距离春天还早
年轻的丹顶鹤已经开始练习
它们对待初恋极其认真
为了爱情
雄鹤们争斗激烈
而一旦选中了配偶
丹顶鹤夫妻就一辈子不离不弃

2014.6.28

汉口火车站的两小时

有这么几天
我必须离开这个喧嚷的城市
找一处僻壤
同暗恋之物相处
同几只鸟说一会儿话

在回家进入汉口火车站
这种感觉，再次在拥挤的人流里
突兀地注视着我
有些调侃，有些温柔
它知道我眼睛里灰色阴影下面
隐含了我本心的一部分

这座 1898 年就有的火车站
我第一次光临，面对漂浮涌动的人头
背着超大摄影包的老蒋和我
硬是挤入了老弱病残的候车厅
我的满头白发
又一次骗了女服务员的眼睛

恋上武汉新州的蓝喉蜂虎
得感谢北窗兄的成全，这些来自
南半球的小鸟，每年到此繁殖育雏
在沙土洞里做巢，在蜡烛花棒上舞蹈

烈日下，我和老蒋架着大炮
在挥汗如雨的帐篷里苦坐一天

在汉口火车站的两小时
我一直回想着
鸟同我的人生有多少关联
它同我的工作毫不相关，却实实在在
影响着我对生活的态度

2014.8.21

候鸟穿过冬日的晨曦

贴近水面的温柔
冬日的晨曦，候鸟们穿行，觅食，飞舞
金红色的黎明像婴儿
在一声声欢乐的啼鸣中苏醒

我从遥远奔来
只为目睹候鸟们的身影
沉浸于冬日的晨曦
忘记昨天的事和不时侵袭的霾

被掠动天空的羽翼引导
我听到波涛里一种生命的节奏
习习的寒风里
传递着候鸟们一遍遍欢悦的交谈

此刻，我真不愿再回到
千里之外我生活的喧嚣城市
我只想坦然地驻守在镜头里
看看候鸟穿过冬日的晨曦

2013.2.24

动物园里的鸟

动物园里有许多鸟
不乏名贵、珍稀和濒临灭绝的
反正一律劳教般地豢养
展示着所谓人类关怀下的自然生态

我看到忧伤唱歌的丹顶鹤
满腔的孤鸣声
似眼泪漫过铁丝网流到我的心里
污渍、破损的羽翅
严重丑化了它骨子里优雅高贵的气质
来自非洲的火烈鸟
拥挤在小塘里，脚上的环志
宛若身份永远被定格了的黑奴烙印
最苦逼的是一群
“哇哇”抢吃菜叶的天鹅
哪里还有柴可夫斯基《天鹅湖》里的诗情?
还有耷拉着脑袋，惊惶看着我的
国家一级保护的黄腹角雉
白颈长尾雉、黑头角雉……

中国有钱建全世界最多的动物园
却懒得去原始栖息地保护动物
有人毫无顾忌地填海造地，胡砍乱伐
破坏湿地，污染江河

再俨然以保护者的姿态
把背井离乡的鸟和其它动物
关进动物园

我不去动物园拍鸟，作为
一名野生鸟类摄影人，去那儿拍鸟
就如同考试作弊被抓
或者去监狱探亲访友一样
是一件既丢脸又很伤心的事

2015.6.7

局

局乃棋盘，博弈之用。

——题记

池塘上，设着一局
竖着一条枝杆
立着一个玻璃鱼缸
缸里游着银色、红色的小鱼
阳光下，鱼格外惹眼

翠鸟，在附近的树上小憩
时值冬至，空气阴冷
亭廊内，聚着一帮疯狂的拍鸟人
长枪短炮齐齐对准鱼缸
只等一刻
盼翠鸟飞上枝杆
再纵身一跃
入缸叼鱼

精彩的一局
翠鸟是否抵御得住请君入瓮？
耐心在两小时里耗着
人和鸟都焦急
熬不住，翠鸟终于飞上枝条
低头扫视，箭一般扎入鱼缸

水花、惊恐四散的鱼
疯狂的快门声
凝固住一幅幅入水出水抓鱼的画面
接着第二次、第三次……
五十次

这个局，让我感慨
很多行为人和鸟大同小异
为了甜头，那怕
明知是局
鸟会纵身一跃
而人何尝不会明知故犯

2013.12.21

鸟 道

鸟道:本意指鸟儿的迁徙路线。

李白诗云:西当太白有鸟道,可以横绝峨嵋巅。

——题记

在杭州城里
我发现了一条鸟道
除了惊喜
我觉得这是一种福缘
是上天赋予的恩赐和慰藉

小时候
看到燕子在屋檐下筑巢做窝
我只知它春来秋去
年年如此
偶尔看到一行大雁飞过或鹰隼盘旋
更是好奇地久久注目
一路追着鸟儿跑许多的路

后来城市越来越大
楼越盖越高，天空却沉闷，寂寥
飞鸟的踪迹愈发难以寻觅
唉！那种看不见
大雁和鹰隼在天空飞翔的感觉
就似一枚

淡淡忧伤的徽章别在心里

现在我终于看到
并确定一条鸟道在我家上空的存在
尤为开心和亲切
这是一群夜鹭，每天晨昏
三三两两从运河飞过武林门到达西湖
来来回回一成不变的行径
信守着天性的忠诚和坦荡

夜鹭，属中型涉禽
栖息于水域、沼泽和丛林
喜食鱼虾等水生动物
部分留鸟，部分迁徙，是同白鹭一样
常见的鹭鸟，在鹤、雁等珍禽
绝迹的城市上空，夜鹭的存在
多少保留了西湖山水的一点灵气

我时常对着广袤的夜空发呆
为什么夜鹭的飞行线路如此固定？
此时，阵阵飞鸣
我似乎听到它们在答：
鸟道，是一条生命的通道！

2015.7.3

鸟　人

鸟人，就是
拍摄野生鸟类的人
在绩溪的溪马村
他们的折腾令村民称奇
也令我惊讶
为拍一只白寿带
一批批鸟人蜂拥而至
不在乎雨天和骄阳
每天鸡未叫、狗未吠
半夜就去抢机位
齐膝深的溪里
一站就是一天，而每次
拍寿带洗澡就几十秒

鸟人，就是一群
十分痴迷和疯狂的人
许多时候，我觉得
愧疚，相比他们
我觉得我做一名鸟人
还不太够格

2015.6.25

鸟一天一天离我更远

我忠实手中的照相机镜头
缘于它真实还原
我同这个世界的距离
鸟一天一天离我更远
是因为从镜头里，我看到
人变得越来越冷

鸟类，人类记事就存在的生灵
自古被刻画在岩壁、彩陶器皿上
描绘在书画和诗篇里，正是
展翅的飞羽
帮助人类，实现了
飞天的梦想

如今，所有的鸟在递减
森林、草原、湿地、河荡……
极速遁亡，曾经古朴的乡村
美丽的田野，正被
无休止拆迁、开发赶尽杀绝
在成排倒下的树干上
在污水横卧的草原上
在碾压的稻田里，在填埋的
滩涂里，无数的鸟，冤魂般消失

它们胆小，害怕人的喧嚣
它们卑微低调，在人面前
尽量展现美丽的羽翼
唱悦耳动听的歌，想尽了
如何与人和谐相处的种种办法
但伤害如雾霾入侵
生存的家园依然岌岌可危

看不到己恶，就行不好己善
我无数次地在我的镜头里
看到鸟无助而又无奈的目光
它们冲我呜咽地唱着歌，一种祖先
传承下来的歌，听着
听着，我的眼睛就湿润了

鸟一天一天离我更远
凄暗的夜里，它游离在梦的边缘
像一面灵魂深附在古老的图腾上
我始终怀疑，当清晨醒来
听不见熟悉的鸟声
有多少人会真正在乎？

2014.10.3

秋深了

火斑鸠在电线上发呆，不远处
站着另一只，同样的眼神
毫不掩饰
生活带来的一身困乏

黄昏，鸟鸣隔空传递
粼粼江面，鹭鸶
翩翩划过，飞舞的芦花
逆光里透出金色的光晕

秋深了，我爱弦月升起之际
清酒独酌，心如止水
忘却钟声一路追赶，像灰鹤
没入寒烟，隐遁霜雪

2014.9.26

入梅之后

天由亮变暗，云沉下来
雨滴答、滴答敲落，愈下愈大
过一会儿又渐渐收止
太阳从云隙透出
在江南，这叫“入梅”

它多雨、潮湿和闷热
准备雄黄、菖蒲和艾草
最好穿上汉服，以迎端午之态
保持缄默，叩首作揖
沉溺某些看似意义不大的事

此刻，我在湖边游荡
不时听到水面弥漫宋词的遗韵
从鱼的嘴里低沉传来
眼前，轻雾笼罩的三潭印月
似一曲覆满千年尘埃的尺八音律
白鹭翩然飞至塔上，翘首聆听
断桥上，许仙和白娘子的故事
依然被游人把玩戏说
不远处，守望杭城多年
有瘦美人之称的保俶塔已落寞许久

每年入梅之后

总有一些湿润而无关紧要的事
若隐若现

2015.6.11

三只白枕鹤

这片滩涂的隔壁就是东海
天空不时掠过一群鹬鸟和几只苍鹭
三只白枕鹤的到访使芦草枯黄的滩涂有了生机
它们是一家，或许是迁徙累了，或许是饿了
脱离大队来到了这片陌生的滩涂

白枕鹤是个古老的家族
它的灵性优雅，令我一生着迷
青色的羽翼和红色的脸颊是它显著的标识
此刻，它们不停地觅食和张望，稍有一点动静
就朝外走去，对人保持着天生的警觉

冬至，为了看看远道而来的白枕鹤
我落寞地守着一年中最短的白天
我喜欢听着它们的啼唤响起我相机沙沙的快门
看到远处风中飘舞着几块丑陋的捕鸟网
我清晰地闻到空中弥散着冷冷的杀气

2013.12.24

杀手鸬鹚

天蒙亮，船未出
这片氤氲的湖面是鸬鹚的
刚刚升起的太阳也是

年年来此，只为躲避
北方寒冷又漫长的冬季
西湖，这群鸬鹚在南方的冬栖地
水下生活着
优哉游哉南宋诗文滋养的鱼儿

每天清晨，鸬鹚演绎猎杀
在水里神出鬼没
尖利的喙，轻易将一条条鱼
甩向空中吞进肚里

湖面时而泛红，阳光
衬出一种难以言表的温柔

之后，鸬鹚喜欢
站在木桩上，呆呆对着太阳
晒着湿漉漉的翅膀
一点不像之前是一伙杀手

2014.12.21

柿子红了

柿子红了，山谷里
秋色弥漫
一群婉转悦耳的领雀嘴鹎
三两只黄臀鹎
一直耐心等待这一天

这群固执的鸟儿
同村里仅存的老人一样
不愿离开祖辈生活的地方
守着颓败的老屋
像瓦楞上的枯草、残喘的溪流

古老的山谷，因外面的喧嚷
年轻人越来越少，曾经
威严的祠堂
忠诚相传的烛火黯然颤栗
蓑衣、耕牛是一幕即将消失的图景

柿子红了，没人采摘
山谷里，没有
孩子欢声笑语，只有
一群固执的领雀嘴鹎
三两只黄臀鹎在饕餮大餐

2014.10.16

它在黎明和傍晚出现

黑夜和白天，它在
林子里打盹、觅食，直到小和尚
敲响晨钟暮鼓，直到
林子里的鸟开始唱歌、归巢
黎明和傍晚时
它才在寺庙旁的山坡出现一会儿

白颈长尾雉
一只中国特有而珍稀的鸡
漂亮的大帅哥
身份高贵得像大熊猫
一生隐居在均峰寺边
这里山高路险
一座香火并不旺的寺庙
自唐代几经焚毁
如今，老和尚和他徒弟两人
礼佛诵经二十载

不知是不是佛感动了白颈长尾雉
它优雅、淡定地
拒绝尘世的一切喧嚣
与所有纷争、荣辱无关
在梵音里幸福、超然地活着
哪怕被列入所谓的国家一级保护动物

也一笑而过，它知道
人是它一生面对的最危险的东西
它看到太多的鸟，落入
人设下的种种陷阱而一命呜呼

它的世界愈来愈小，每天
它只在黎明和傍晚出现
它隐居的信息却为越来越多人所知
一群群拍鸟人疯子般蜂拥而至，比如我
开车来回折腾一千六百多公里
只为来均峰山看到它

2014.10.31

注：白颈长尾雉，是中国特产鸟类，已列入中国国家重点保护野生动物名录，属国家一级保护鸟类。它属大型鸡类，体长 81cm，主要栖息于海拔 1000 米以下的低山丘陵地区的阔叶林、混交林、针叶林、竹林和林缘灌丛地带。

均峰山位于福建三明市明溪县东部夏阳乡紫云台，两峰之间平坦处有一座均峰寺。该寺始建于唐末，几经焚毁，几度重建，现占地千余平方米，寺中有南宋文天祥的墨迹——匾额“显盖紫云”。2003 年初，均峰山被列为省级自然保护区。这里有各种奇石异树、珍稀动物。其中不乏珍贵的红豆杉、柳松、金桂、楠木、花榈木等。100 多种珍稀动物出没其中，有黄腹角雉、白颈长尾雉、白鹇、云豹、苏门羚、猕猴等。

我在秋色最浓的秋天见到你

最早的早晨，乌桕树上
叽喳的燕雀安静了
这是最后一批吃果的小鸟
叶子开始落了
该走和该来的总会降临
哦，此刻
遥远的灰鹤，你
一定追着呼呼的北风赶来了吧

有离别就有相遇
心静下来
隔着两条河流三座山脉
从一只喜鹊的嘴里
我听到了
你划破星空的啼鸣
那一晚
我用回忆打开你的故事

约定，非目光能及
熟识的身影
似一曲曼妙的音律
辗转心底犹在草甸上扬扬洒洒
眺望天空
我多么希望

茫茫阴霾，阻挡不了

我在秋色最浓的秋天见到你

2013.12.15

乌　鸦

乌鸦的不幸，在于
背负人们多年来对它的厌恶之情
在于无辜戴上了恶禽等坏帽子
诸如乌鸦嘴、乌合之众
天下乌鸦一般黑等等不实之词

乌鸦早年有神鸟、孝鸟的美誉
怪就怪在它在人的面前
表现得太聪明、太灵光，还太喜欢
啖食腐肉。每当死亡发生，乌鸦总会
像钟声敲响一样精确出现
从此坠落为人类口舌里的不祥之鸟

说乌鸦薄情、狡猾和丑陋
是人的道德标准的一次暴力强奸
事实上，几千年来
乌鸦从没有伤害过人类，它一身玄色
不靠漂亮的羽翼、悦耳的歌声
取悦和谄媚于人

它坦然、低调，干得最多的是清道夫的工作
它最大的缺点是愿意听别人骂它聪明
且习惯了说它坏话多于说它好话的

2015.6.6

下渚湖

在一张宣纸上摊开
下渚湖的芦花在旭日下起伏
白里透红的秋风
偶尔划过白鹭的身影
而圈养的朱鹮在岛上十分落寞

我不知道，立冬的霜何时降临
这个年头，社会正沦为
一张充满潜规则的蛛网
关系是一扇沉重的门
一头挑着生活，一头挑着无奈

嗅着清晨一丝清新的空气
我从喧嚣的城市后门溜出
仰卧在桨影掠过的湖面上
在夕阳映红的秋色里
用镜头直抵一个季节的本色

三道茶的工夫，银杏叶洒落一地
时光在树冠上折射成几团浮云
沉落湖底的岁月，冒着气泡
正被一群鱼追逐戏说
风引来的旧事被一群野鸭洒落在湖面上

2013.11.8

向往肯尼亚

搭乘一只小鸟
飞越皑皑白雪的非洲屋脊
乞力马扎罗山
我要前往肯尼亚
一个动物多过人类的国度
呼吸干燥而湿润的空气
探望野性呼唤的茫茫高原

看悠然闲荡的狮子
警觉的花豹和幽灵般嚎啕的鬣狗
还有大象、斑马、野牛和羚羊
在马赛马拉的尘埃中成群迁徙
火烈鸟在纳库鲁湖遮蔽天空
角马在鳄鱼的撕咬中疯狂穿越
思想同鹈鹕一起
沉浸湛蓝的纳瓦莎湖
在泥土牛粪垒成的村庄
披一张红底黑条的束卡
吮饮一口鲜牛血
体验古朴的马赛人
穿梭传统与现代的生活
相信万物皆有灵验

让时间在指尖静止

心在镜头里驻守
巨冠的合欢树下
同血红的夕阳坠入苍茫
握一杯咖啡，衔一枚橄榄
呈现海明威式的笑容
肯尼亚　肯尼亚　肯尼亚

2012.7.7

在肯尼亚

肯尼亚的夜晚
我用我在国内一样的姿式睡觉
后半夜也会如厕一趟
睡前喝茶的习惯改不了
肯尼亚的白天
我也用我在国内一样的姿式拍鸟
还拍迁徙中飞奔的食草动物
和紧追不舍的猛兽
肯尼亚的鸟和动物多于当地的人口
天空很蓝
白云一团一团飞得很低
鸟雀叽叽喳喳
在我的头顶来来回回
它们习惯把巢建在很低的合欢树上
我守在很近的距离拍它们
它们的眼神告诉我
一点不怕人
回国后
我想用我在肯尼亚的姿式拍鸟
但国内的鸟很怕人
还没靠近
它们就飞走了

2012.8.10

像乌鸫一样淡泊

植物园，一只乌鸫
在栎树上欢快地啼鸣
清晨的阳光还没照到树梢
乌鸫浑身的羽毛更黑了

拍鸟的人，把乌鸫当菜鸟
不喜欢拍它，哪怕它唱多好听的歌
林子里，它同麻雀一样常见
鸟喙和眼圈呈橙黄是它的标志
它是鹩哥、八哥的近亲
它嘹亮的歌声和善仿其他鸟鸣的功夫
一点不比它俩逊色
它低调地活着，让人类
忽视它的存在
并成功避免了像鹩哥八哥被捉进鸟笼
整天学说人类虚伪的客套和脏话
它四处为家，以杂食专家的脾气
吃着乱七八糟的果实、昆虫
和人丢弃的食品垃圾
像一个清道夫，默默地
清洁着这个越来越脏的世界
它的家族人丁兴旺
它从不在意人类对它鄙视的眼光
哪怕把它同声名恶著的乌鸦混淆

它也一点不在乎

栎树上，一只乌鸫欢快地啼鸣
阳光下，我发现
乌鸫黑色的羽毛泛着金属光泽
它的模样并不丑

2013.12.19

消失的家园

在南方，杭州湾湿地的腹部
潮起潮落的滩涂
千百年来，一直是海风歇脚的地方
一望无际的芦草
春天过后，是鸥鹭鹬鸟的乐园
它们繁殖育雏，等待
秋风再起

如今，伴着隆隆的运输车
天空不时传来
抱窝孵卵燕鸥的惊叫
无数夭折的小生命
消失的家园，将换来一片新的开发区
不多久，附近的河道会越来越黑
村里生癌的人也会莫名其妙地增多

与一排排高大而冰冷的厂房相比
我更喜欢
祖上留下的滩涂和海风中的飞鸟
我只是不明白
为什么
有人不喜欢亘古不变的自然

2014.7.19

一朵荷花肆无忌惮地开着

墙上，一朵荷花肆无忌惮地开着
外面零零落落的荷叶一片肃然

一个季节的落幕
差不多同心情有秘密契约
你看看，逃离冰天雪地的鸳鸯
是担心觅不到食物迁徙来到西湖
再听听枝头啼鸣的燕雀
它们最大的愿望就是积聚足够过冬的能量
鸟儿心情迫切
一年四季，鸟儿追着季节在跑
人也一样，季节的变化
我们不停地自己追自己
一直追到找不到自己
找不到看一幅画的心情

墙上，一朵荷花肆无忌惮地开着
外面零零落落的荷叶一片肃然

与窗外的季节那么格格不入
它执拗的姿态
让我想起右耳流血裹着头布的凡·高先生
那眼神疯狂，炽热，犀利……
在绚烂的向日葵丛中傲然独立

现在，一种追求内在自我的品质正悄然远去
秋冬之季的阴霾污染着灵魂
我的双眼每天溢出灰色的泪水
在一堆书里我听到保罗·策兰说：
你可以坠落
你可以飞翔
你也可以站在最后

2013.11.27

罪恶选择苦痛的别离

一只白鹤，
落寞地生活，
无名地死去。
它本是鸟类中的大师。
——题记

你圆睁着眼睛，白鹤
直至最后一刻
你还是清醒的
你的魂灵仍然在天空飘逸

此刻，你曾经
引颈高唱的歌喉喑哑了
你那对无数次搏击风雨，划破
天空的羽翼折戟在泥土里
你一生涓洁、淡泊的理想
统统被一粒罪恶的子弹所了结

我不知道，你是不是
我曾经见过的一只
你南来北往，一生迁徙
你的家族
在地球上相比于人类
实在太少，三千多只的数量

还低调地默默远离着人类的目光

相传，你是帝王之尊所不能屈服
你清高优雅的品行
一直为隐士津津乐道
作为长寿的象征，自古把你
与松柏同画登堂入室
你一生为生存拼搏和飞翔
对爱情至死不渝

如今，有人以罪恶的表现
让你选择了苦痛的别离
死亡，你倒下的最后一刻
恍如一把锋利的匕首
剜进我的双眼，我那起伏不定的心
也因你喷射的血而瞬间凝固

该如何忘记这悲惨的一幕？
那一声枪响，你的同伴惊惶四飞
目睹你挣扎倒下，它们无能为力
它们甚至清楚，是你
替大家挨了这冰冷的一枪
哀鸣随着飞翔的队列
在天际久久弥漫

什么都不说吧
在这个深冬的薄暮
面对殷红的夕阳，我唯一能做的
就是替一些无知和贪婪的人
做一场深深的忏悔

雪悄然飘零，湮没了罪恶
也覆盖了别离的苦痛
对生命的敬畏需要多少年才会懂？
一次漫长而无谓的独白
风凛冽地吹过我的脊梁
黯淡的子夜，我感觉不到
我在思考

2013.12.28

注：白鹤是濒临灭绝的动物之一，全球数量不足3500只，它是国家一级保护动物。中国主要为冬候鸟和旅鸟。秋季迁来中国南方越冬的时间在11月初至11月中旬，春季离开中国越冬的时间在3月末至4月初，迁徙时成群。白鹤在中国文化中占一席之地，象征吉祥长寿，洁白一身体现白鹤纯真之雅，也代表着吉祥如意。

第三辑

信念在一池莲花中端坐

被风撩起

被风撩起，一段日子渗漏出的风景
定格在熏香缠绕的屋子里
一缕春风吹皱了女主人心境
灶上炖的红枣莲子汤吱吱吐着热气
话语在音乐声里迷失方向
似一对精湛的耳环赴一场约会
时光的脚印在地板上叠了一层又一层

曾经的日子酒瓶般空寂
一颗美丽的心在镜子里孑然一身
爱情像块吱嘎作响的薄冰遁入北极
子夜只有钟摆相伴入眠
无法计算情感在岁月的磨损下
还有多少在晴朗的天空同白云悠悠
生活的未来难以预知

被风撩起，晚凉沿爱与痛的边缘弥漫
一条鱼游荡在冰面裂开的湖面下
欲望猫爪般在血管中游走
一只蝴蝶纹身在睡袍里裸露丽姿
尘世的江南孕育着春天的风情
想念一个难忘的身影
而孤寂依然蚕蛹般蜷伏在夜色心头

2013.2.20

站在远处看自己

佛曰：没有什么美
可以抵得过一颗纯净仁爱的心

当繁华、喧闹和所谓的荣耀平静退去
你从你所有熟悉的目光，和你
自己一身虚荣的影子走出来
信步山道
站在远处看自己
再看身边疾速涌过的云
满山茂密蓊郁的树木
唯有一声叹息
才是你真正拥有的资格

一直以来，我被光影和阴影
伴随了大半辈子
雨夜里飘浮的信仰和父母赋予的指纹与胎记
立起衣领看似抗拒媚俗之风
而血管里依然流淌着逐利之欲
如一只鸟翱翔天空
心仍牢牢牵挂着果腹的食物
天下熙熙皆为利来
仿佛一切天公地道

用一声啼哭
我宣布来到这个烦嚣的世界
也将化作一团尘埃离开这个世界
当风不经意再次摇动窗棂
烛火摇曳，白雪掠过记忆的芦花
一片片粘住睫毛和嘴唇时
莫名的衰竭螨虫般噬咬肉身之躯
孤寂触碰了灵魂深处
我的前生和来世同我有关系吗？
众人皆曰：活好当下
我听到了透过砖墙
渗出的丝丝呼吸，有些沉重
一些肢体在紊乱的曲调里纸醉金迷

站在远处看自己
浮云穿过身体遁入天际
时间的碎裂声中
我又听到佛曰：
缘为冰，我将冰拥在怀中
冰化了，我才发现缘没了
我信缘，不信佛
缘信佛，不信我

2013.1.17

伯爵红茶

伯爵红茶， 一款
非常男性的饮品，我认识它
却是从一位女性开始

七年前的下午茶
我认识了只喝伯爵红茶的她
那次，她回国离婚
回英伦前，特意请我这个诗友
这是我第一次，也是
最后一次见她
一壶伯爵，两只瓷杯，淡淡的茶香
和着一股淡淡的忧郁气质
空气里弥漫着她成熟、优雅
和一点矜持的女人味

我们谈艾略特、奥登、毛姆
多丽丝·莱辛和她《特别的猫》
而我更喜欢听她谈伯爵红茶
这是我第一次喝这种茶
她说，这茶名取自格雷伯爵二世
出自英国川宁家族才最正宗
那芳香是加了中国的佛手柑油

七年过去了，她像影子倏忽一闪

但她开启的那股伯爵红茶特有的芳香

至今令我十分怀恋

2015.6.25

不停地说着话

没有雪的冬天是不完美的
我这样说的时候
今年杭州的冬天已下完了三场雪
呵呵，直到昨天正月初十
纷纷扬扬的雪
还把西湖打扮得银装素裹
一个完整冬天，江南的雪
似乎更像北国的雪了

雪飘在孤山放鹤亭
落在宋亡、此人不亡的林和靖的坟茔上
从北宋仁宗年间，他一直睡到今天
不知西湖的天鹅、野鸭惊扰他否?
他的不远处还住着打虎英雄武松
和南齐钱塘名妓苏小小
他们的灵魂，给空蒙的湖光山色
添上了几段温暖的回味

现在雪已融去，我听到
春天不停地在冬末的门外说着话
林间的小鸟在为北上做准备
湖里的鸳鸯、鸬鹚换上了繁殖羽
回家的时刻很快将来临
我也不停地说着话

冬去春来，我同过去的我

说着再见、再见……

2013.2.20

不完全地忘记自己

霜降后，天黑得更快
晚霞没入桥洞
江面捕鱼人撒出最后一网
三三两两的野鸭警觉地看着周围

在陌生的县城
从宾馆的窗户望出去，风景
一点一点消融在路灯外的夜色里
喝着速溶咖啡，人世的感觉
骤然变得单纯
从多扇虚掩的门进进出出
不完全地忘记自己

我不再关心许多事
粗粝的风里把自己贴上邮票
交给北方飞来的大雁
去问候深秋最美的芦花

2014.10.26

穿过锁孔的风

穿过锁孔的风，用尽了
一个季节全部的力气吹醒我
落日的残晖在庭院散步
乌桕树红了，三五成群的小鸟
琢磨着下一个冬天如何度过

天气凉了
许多鸟儿会拖着倦躯飞来
迁徙路上危机重重
枪声、黑网还有各种各样的药
随时能让一个鲜活的生命骤然冰冷

似乎已经无能为力
太多的滩涂、湿地和森林开发殆尽
面对强占的家园，无家可归的飞羽
人没有愧疚，悠然自得
在利欲熏心的道上一路狂奔

越来越找不到回家的路
鸟的处境，必是人明天的报应
穿过锁孔的风，很冷
冷得我用双手
都难以打开这个世界越来越冷漠的门

2014.9.21

清　明

清明，父亲
又一次在他的坟前
把我们兄弟姐妹
召集一起

十几年了，这一天
他只能不吭声地
听我们说了
他活着时
总是我们听他唠叨
只是没想到
他走得这么急
话语权
一下递到我们手里了

十几年了，这一天
我们对他说的话变化不大
他也从不回答
我们摆上他爱吃的
敬上一杯酒，烧一堆锡箔
再依次上香祭拜
大哥还给他点一支中华烟
烟头一闪一闪
很像他当年抽大前门的样子

父亲走后，家冷清不少
兄弟姐妹也难得一聚
但清明，我们
似乎找不到理由不在一起

2015.4.5

风吹着

风吹着，目光恍惚
一些旧事落叶般伫立
初冬和深秋于我若即若离

我明白未老的时间所剩无几
我无力阻挡
逆光里满头白发似芦花苍白

风裹挟寒冷的舌头
一路还原着伪善面目下的狰狞
飞扬的雪却很快遮蔽肮脏的天地

望着白鹤随风盘旋长鸣
我无力遣词造句故作沉吟
面朝风向茕影独立

风吹着，我的脸颊落满冰霜
我将悲怆融进朝霞铺就的萱草
低头不再说话

2014.10.31

关于巨蟹座

不止一次地错过
这和所谓的能力水平没有关系

傲慢者睥睨的目光
本该就是你要承受的
你的脚太多，而且喜欢横走
这是你让人最不爽的地方
你还敏感，缺乏安全感，有点情绪化
太多的人
忽视了你的细腻、忠诚和善良

你喜欢在有音乐的房子里营造自己
不在乎困顿
执着而浪漫的本性
让你面对躁动不安的世界
沉香般淡定，用一颗银质的心
伴着愈来愈黯淡的月亮

2014.7.19

归　宿

车行城北，我到了
半山公墓，这里绿树成林
寂静的风
在几百亩的墓地间来回穿梭
鸟雀啁啾，歌声温柔

每年清明或冬至，我来这里
循环做着十几年来相似的动作
在父亲和其他几位亲人的墓碑前
点一对烛火，上一束鲜花，供一把檀香
说上几句他们听不见的话

山坡上层层叠叠的墓地
赫然壮观，几万人安安静静归宿于此
眺望不远处的 320 国道线
车流急涌，再远处钢厂背后的城市
俨然是一片生活的节奏

驻足墓地，空旷来临
若干年后，我也会把自己还给历史
人生的归宿：就是由喧闹归于平静
宛如这里睡着的每一个人，曾经
都有一个生动的故事

2014.10.16

过　节

过节，我害怕出去
高速公路免费，其它全在涨
特别是到处都是人

过节，我就想
好好睡懒觉，每天
同自己喝一顿酒
胡乱看看电视，再往
微信朋友圈发些老照片
忽悠人

过节，我也想想节后的事
我不想工作上的事
我知道
我靠那点薪水养家糊口
但混了三十多年
好歹也要玩点自己的事

比如计划去很远的地方
拍拍鸟，我一直想拍
大海冰块上的虎头海雕
白雪纷飞里的丹顶鹤，听听它们
如何在冰天雪地谈论爱情
和一生的梦想

再比如泡壶茶，冥思苦想
写几首不长不短的诗
读给自己听听，也给
朋友听听
他们一直很理解，我写的
那些同鸟有关的诗

过节， 怎么个过法都不错
关键的是快乐
重要的是节后仍保持那份开心

2014.10.4

灰色的忧伤

有一种忧伤，越来
越频繁地抵达
霾
遮住我的眼
遮住了天空的脸
雨落下，滴在脸上
像一串串灰色的泪
人、车流
从身边经过
灰色的天空
止不住匆匆的步子
在城市大厦巨大的阴影里
忧伤
再度淹没了我
似一只孤独的灰鹤
低鸣徘徊
曾经湛蓝的湿地上空
无奈
又一道道划破了脸

2013.12.19

会 议

所有的耳朵
又一次
被一个声音占据
通过麦的扩大
一些霸道的词语
戏弄着恍惚的眼神
半天的会议不停地喝着水
我最爽的时刻
是把一泡憋久的尿
泄了

2013.12.12

活着就是一个很短的过程

总有些事不堪回首
直到通红的骨骼化作白烟
天堂门口站满勾魂的黑衣人

其实所谓的死，始终在路上
它睁着饥饿的目光
像一面随时倾覆的墙，是一刻
不曾离开的鬼
其实所谓的死，就是
取悦这个令你又爱又恨人世的时间
没有了，你所有的故事
统统装进坛子埋入地下
唯有草尖的夜露和风声天天陪伴你

想到这一切，活着
就不必太急，就该心平气和
有空经常带一副鱼杆去江边坐坐
有鱼没鱼都不重要
一直等到归巢的鸥鸟划过月光
回到家中，喝点小酒
同家人说些说了又说的亲密话语
在入睡之前
写一首能让自己温暖许久的诗

不堪回首的事不再回首

其实所谓的活着
就是一个很短的过程

2015.6.3

跨 界

闲暇之余
我写点诗，拍些鸟
淬炼自己，知足常乐
与谁都不屑争
日子淡然

偶尔我的诗友跟我谈论摄影
还问起那些陌生的鸟
偶尔我的鸟友
也跟我聊拍鸟以外的事
比如我写的同鸟有关的诗

出于礼貌，两者我都敷衍
我不愿多谈
我不想在朋友眼里
是个所谓“跨界”的人
我喜欢同诗友谈诗，同鸟友谈鸟

我明白
我有那么一点的虚伪
我从不为做诗人里的鸟人
或鸟人里的诗人
沾沾自喜

2015.6.5

老了以后

老了以后
残旧的靠椅上
夕阳无限拥抱着我
怀里蜷卧着一只老猫
眼睛模糊，双耳听到
学童、少妇和鸟雀传来的声音
越来越远
直到斑驳的墙上
光一寸寸地黯淡下来

老了以后
沉淀的心事不时被月光拨弄
白天回忆未尽的事物
深夜同梦境融为一体
再次逼真地体会到
初恋的羞涩，握着
一双柔软之手时的甜蜜
六月的池塘，蛙声一片
然后醒来又睡去
慢慢地又走到去过的地方

2013.2.21

临安，是个远去的背影

崖山之战，南宋亡了
后来，朝廷的颓垣断壁也隐没了
只剩下凤凰山麓遗址
听滔滔钱江之潮走到今天

帝王们再也没有来过
临安，偏安之都
终归是临时安定，于一朝万世
太不吉祥

只有生此活此的人
一如既往地终生蛰居
市井、商肆、瓷窑、丝锦……
日子一天天过着

西湖之水，止于堤岸
亭阁、舟船、残荷
也止于我似近且远的心
临安，是个远去的背影

2014.10.14

注：公元1138年（绍兴八年）宋室南迁，定都杭州，改称临安府。临安南倚凤凰山，西临西湖，北部、东部为平原，城市呈南北狭长的不规则长方形。南宋自1127年立朝，至1279年崖山之战后为蒙古人所灭，共存152年。

七　月

七月，我来到世界的季节
这个巨蟹和月亮互相守望的季节
似乎我更靠近上帝，看见一颗心
在一页纸上悲悯跳动，目睹
不再清澈见底的湖水同我的双眼
默然沉沦

荷花怒放，鹭鸟在芦荡疯狂繁育
所有的生命依旧艰辛轮回
现在，我终于看清伸向天空的人梯
聚集数不清的人跃跃欲登，所谓
诗意栖居的背后
是绵绵不绝的玉碎之声

许多历史迷案和谎言无法追溯
一个甲子，炎炎夏风
依旧回到原地，时光坦露一切
不再摇曳，我用半截蜡烛
照亮人间我剩余的影子
七月，我将在上帝面前微笑走过

2015.6.26

秋日私语

一

一个人的天空从晨曦中醒来
即将到来的秋天，一些感觉
随时会像一朵云彩停泊在
渐渐枯黄的荷叶上
秋天总是冷不丁地触及梦的深处
枫叶红了，银杏叶黄了
长长的雁阵
月夜下朝着南方不停迁徙
所有的轮回
在这个季节里成为永恒的约定
心门开启，让感知变得不再遥远
我似乎早已收到了寄自远方的呼唤
无数的鹬鸟用海浪般的激情
划破了天空的宁静

二

秋天叩着白露的边缘走来
它的呼吸有时让心变得忧伤
许多风景不再虚幻
眼前这个刚刚驶过的喧嚣夏季

草根再次经历着蝗虫的侵袭
权势的指甲依然锋利
信仰在死去的雨水中呜咽
天空灰霾，无数飞羽
沦为一场残忍搏杀的牺牲品
苍蝇等待着多米诺骨牌倒下后的狂欢
蝉鸣重又回到地下隐身
缓缓吹拂的秋风里
血红的夕阳
正悲怆地被茫茫夜幕所遮蔽

三

从夏到秋，我一度幻想
有艘小船
穿过月夜下高高的拱宸桥
再划过寒山寺
载我去运河的那一头
或者像片树叶被风轻轻带走
我的心事
隐秘得只想让月光知道
面对越来越媚俗的空气
我的体内混杂着清咖和爵士的味道
沉浸在黑木唱片的旋律里
骨子里感到一份优雅在挣扎
仿佛被遗忘的时光
又撩动了秋天的琴弦

四

从一滴一滴落下的霜里

我迷失在深秋的表情里
枫叶在溪水中沉默，北风嘶鸣
雀鸟一批批离去
天空印满了历历爪痕
所有的约定期待来年再次兑现
聆听鸟语，不需要面具
我感到时光的密码不再隐匿
仿佛千年之外的秋天
在某个清晨，从墓穴中醒来
甚至那些同梦一样固执的传说
也会在某个秋天结出果实
保持一份童贞
虚无会让秋天变得更加充实

2012.11.18

晒　秋

在篁岭。风和稻田的影子
在红豆杉、古樟、红枫、香榧树间穿梭
秋色，安闲地在高高的马头墙上流淌
沧桑徽式的雕梁青瓦间
一匾匾鲜红的辣椒、金黄的野菊……
晾晒着梯田人家流水经年的民俗

这一年，我手握传言中最脏的秋天
来到这里
迥异的景致把心情
恍若装在易碎的玻璃器皿里
我的步伐
也因短暂逃离城里的雾霾而显得轻松

碧桃烟暖晓猿啼，海日浮光泰华在。
在篁岭，我回到了从前
那是一去不复返的日子
如今，或由于无奈，或由于祈盼
却该学学山民的姿态
把内心放在秋色下晾晒晾晒

2013.12.13

让沦陷的梦彻底崩溃

在那些熟悉的脸当中
突然感到陌生
焦虑一枝黄花般泛滥
需要一把木制手枪和一粒雄性的子弹
射杀一些所谓严肃的问题
我的童年
是一张早已走得很远的银杏叶

莫名的心虚在午后涌起
一些经验和思考
在咖啡和清茶间流转
时间打磨的脸庞渐渐褶皱
在约定离别之后
我听到风打破一扇窗户
地上晒满了一片片阳光

不得不经常
错过一个个日出和日落
我的眼睛
不停地被规则和说教侵蚀
心目中的飞鸟
在经历无数次的伤口流血后
坠落在茫茫戈壁

冬天来临之前

忘掉一个男人隐秘的疼痛

像动词拥抱名词

期待一段莲花之约

期待一场铺天盖地的雪

期待一声清脆的枪响

让沦陷的梦彻底崩溃

2012.11.20

绍兴蕺山街的黄昏

——给阿孟

这时天空暗淡，一群鸽子疾风飞过
淅沥的小雨在石板路上泛出青光

蕺山街，据称东晋前就有了
出了王羲之后，后人
索性把这里通称书圣故里了
在书圣陈列馆、题扇桥
笔飞弄和蕺山书院
他的故事来来往往，影子一样
充斥着这里的生活，从解元台门
到推杯把盏的醉越酒楼
再到探花台门
这里的人，都愿意跟你聊聊王羲之

小桥流水的微澜里，小学生
归家的脚步，乌篷船吱吱的橹声
透过木格窗棂，晃悠着
我坐在茶楼的心情，像逃考的书生
从百公里外的城市，我跑这儿
只想亲手触摸古越愈走愈远的时光
此刻，隔壁的收音机
传来铿锵高调的绍兴大板，混杂着
香飘四逸的霉干菜蒸肉、臭豆腐

黄酒的味道很亲切

黄昏在细雨里推展
直到窄窄的弄堂亮起一盏盏路灯

2014.10.8

生命终归要回到最初的虚无

遇或不遇，都会来
死亡是时间留下的终局
悲哀是死人
留给活人最后的心情

一粒微小的生命
从遥远之处奔来，汇入
浩浩荡荡人流，一路坎坷
途经多个车站
然后像年久失修的火车
在某个黎明升起前
不再醒来

十年前的暮秋，冬风
还未劲吹
父亲的生命只剩下几张枯叶
我听他滞重的呼吸
吃力地爬过一座拱桥
渐渐、渐渐地
变成一条僵硬的直线
安详、沉寂
悲哀中，只剩下陌生

悲哀是死人

留给活人最后的心情
生与死，时间
不会回头
生命终归要回到最初的虚无

2015.1.16

信念在一池莲花中端坐

早晨醒来，才知道新的一天又开始了
才觉得还有许多事情未了
这种忧郁如同歉意的敲门击打心灵
年近半百，并不能证明
对这个世界淡然处之
微风拂去的不过是欲念浮尘

我的大半人生
已丢弃在所谓的忙忙碌碌中了
仅有的一点才华也被一种叫体制的东西
修理得服服帖帖
我有时像极了一条被剪了鳍的鱼
一所梦打造的阁楼笼罩在雾霾里

总想回到年轻的时代
花很多时间去寻找爱情和心仪的女孩
再像鸟一样让一封封情书在两地穿梭
在晨钟暮鼓声里泛滥激情
同叶芝一样吟唱
用诗句啮断春天的呼吸

在这个翻脸超过翻书的时代
我知道，我无法改变一生轨迹
可以虚度青春和光阴

甚至以无所谓之态兑付前生欠账
仍将承受一个雨季的封杀
但我相信
信念在一池莲花中端坐

2013.2.20

叙述一段时空不连贯的生活

暮色渐浓，一碗老酒
嚼着韧性的卤牛筋
一些交错的影像纷至沓来
它们以不配套的瓷片，以不固定的姿容
叙述一段时空不连贯的生活

那年，我开始坐在
同我一样老去的屋子里
一只黑白相间的老猫趴在跟前

十月，塞外飞沙走石，风萧马鸣
深秋的风，在江南却是这般淡淡的
一点没有额济纳秋风一夜醉胡杨的狠劲
黑水城的残垣
仿佛又听到东归英雄土尔扈特人在黑河边吟唱
居延海天鹅朗朗的啼唤
顺着芦苇的风向传入茫茫天际
往事渺小，似用空了的香水瓶
余味依然顽强地嵌在记忆里
在肯尼亚的纳库鲁湖
火烈鸟像粉红色的纸在天空飘舞
散落的羽毛勾引得我无事生非地想靠近它
内罗毕的秃鹳在旅馆屋顶近近地看着我
疯狂到几个小时都一动不动

当夕阳落入波光粼粼的塞纳河
在某个知名的咖啡馆，伴着琴声
我情不自禁再一次怀念那部
“爱在黎明破晓前、爱在日落余晖时”的电影
哦，一生换那浪漫至极的一晚是否值得？
在巴黎街头的莎士比亚书店
坐在海明威坐过的位子上
我用看中文的姿态看着法文版的《老人与海》
还不停地想象他的《乞立马扎罗的雪》
用迷惘的步子，我走上
米开朗基罗设计的梵蒂冈圣彼得大教堂的塔顶
看着脚下“条条大路通罗马”的罗马城
信仰的力量再次把我震撼

雨一滴滴落下，稍后会有雪
在江南，雪反而给人温暖
乌镇西栅，一座江南剔透的水城
枕水而卧的夜晚
孤寂得只有听着船橹把梦一点一点摇醒

那年，暮色渐浓
对着一碗老酒，我坐在同我一样老去的屋子里
叙述一段时空不连贯的生活

2013.11.28

第四辑

黑夜的另一半

1972，我的童年

1972，我的童年
那年，我差点夭折在家门口的河塘里
脸贴在塘底，水草缠住鼻孔
呼吸间水涌入胸腔
神志鱼儿般游去
后来，是同我吵闹中
推我下河的二哥又拉了我上来
自那以后，我同二哥
就有了楚汉分界
许久分不清他是兄还是敌

1972，我的成长
就像那些撒落在田野里的蔬菜
一季一节变换着模样和颜色
瓜熟蒂落，篱笆和铁丝网挡不住
饥肠辘辘的我同死党饱餐一顿的阴谋
用练习簿做飞机，用皮弹弓打麻雀
灰蒙的天空吹过迷惘的风
大人们常常戴着藤帽铁棍紧急集合
高音喇叭一遍一遍播着最新最高指示
父亲，一个懂点技术的小走资派
有着莫名的失落和惆怅
有时会把他的愤怒
发泄到我和哥哥头上

会把正玩在兴头上的我
从油菜花田里拎回一顿痛扁
再让我老老实实
跪在毛主席他老人家像前

1972，八月的光线煮熟了空气
大街小巷走过的是样板戏的步子
露天的《南征北战》
一个地方转着一个地方去看
眼睛在月夜和星空下走向成熟
日子滴水似的过得很慢
渴望长大，渴望过年
梦见自己睡在嘎嘎作响的竹条床上
听着半夜缓缓驶过的火车声
灵魂随着长长的铁轨去了远方

1972，不属于花季
我在小学三年级的学业里逃亡
一个脸色有些苍白的孩子
让等待成为内心沉重的一部分
那一年，总被这样一个场景所折磨：
一个快枯萎的冬季
漫天雪舞，倾圮的城市火光冲天
我的童年正穿行而过

2012.3.20

暴　力

入春之后
小区里猫心惶惶
称王的大黑猫
加大了暴力统治
它不停地追逐其它公猫
并盯紧了对母猫的监视

深夜我不时听到
撕心裂肺的喊叫划破宁静
早晨走入地下车库
看到游魂般闪过的猫影
几乎所有的猫
都在躲避大黑猫的目光
连我喂了三年的狸花母猫
都丧魂落魄
我知道，它曾经
有过一只相好的狸花公猫
如今没了踪影
发情是一个难捱的季节
母猫很难忍住
一个月黑风高的晚上
狸花终于遭到大黑猫的强奸
之后是一段快活和痛苦的节奏
狸花一次次

无奈而主动迎合大黑猫的暴力

三个月后
狸花产下了四只猫仔
两只像它两只像父亲
过完夏天，我突然发现
大黑猫的暴力
使得小区黑猫的数量翻了几倍

2015.7.4

隔夜的故事

黄昏的节奏里
忙着育雏的燕子
风一样在廊檐下进进出出
一只猫步履沉重地从巷头走到巷尾
燕子和猫的目光偶尔交错
它们的身影
只有在梦里同月亮经常印在一起
宛如隔夜的故事

空气打着饱嗝
太多的躁动在大街小巷游荡
宴后的人借着酒劲彼此拥抱
在唾沫飞扬里信誓旦旦
说着一堆很快不记得的话
那感觉就像滑过一面精巧的玻璃
隔夜的故事
需要许久才能把自己拼接回来

2014.6.24

黑夜的另一半

夜色在庙檐风铃上悬挂
一只手
遮住一只眼
黑夜的一半在心里浮沉
另一半同寒星悄然绽放

梦里的故事溢出眼眶
梨花树下的我和你
隔着多年的相视却无语
生活的辙印，心思依然清纯
苦难不过是喧嚷世界的昙花一现

空虚在最冷的北风里
幡然悔悟
斟上一壶花间好酒
黑夜的另一半
随佛音在古寺上空渐渐散去

2014.11.30

黑夜是猫喜欢的时候

猫一直耐心在等
几千年了它习惯昼伏夜出
它知道白天属于人
黑夜才属于它

黑夜让它安全
黑夜给了它明亮的眼睛
黑夜使它的嘶唤令人恐惧
黑夜使它月下的姿态妩媚优雅

2014.10.26

均峰寺的夜

暮鼓荡漾，秋风如流。
均峰寺的夜，在缈虚的梵音里，
一阵阵沁凉人心。

均峰寺，有古老的出处。
走过佛门，轻烟袅绕的烛火里，
唐宋的诵经礼佛之声隔空而来。

静寂难眠。眺望檐角漆黑的上空，
缀满星星的天河缓缓流动，
距离近得触手可及。

时光凝固。均峰寺的夜，
融化了体内久违的谦恭。佛在
隔壁端坐，于我很近又很远。

今夜，我留宿寺里。老远奔来，
我只为拍一只叫白颈长尾雉的鸟。
人和佛隔着一堵墙。

2014.11.2

卡拉麦里

顶着星光，
驱车
来到卡拉麦里。
秋天的荒漠，
罕见人迹。
梭梭、驼绒藜、沙蒿……
晨光下熠熠闪亮。
车声惊起
一群石鸡，野兔
张着诧愕的表情，
草原鹫，
在天空盘旋。

传说数亿年前，
卡拉麦里
碧波浩淼，森林
连绵千里。
如今，干旱缺水，
湖泊消亡。
号称国内
最大的有蹄类野生动物保护区，
在人类
不断侵扰下，
动物的日子

过得并不轻松。

从蒙古野驴
警觉的眼神中，
我读到：
忧郁和敌意。
我们的到来，
显然
不受欢迎，
它们转身疾驰，
只留下
一团团尘烟，
在荒漠
四散飘荡。

2013.12.27

注：卡拉麦里自然保护区是新疆有蹄类野生动物主要活动区域，在中国第二大沙漠古尔通班古特沙漠的核心地带。20 世纪 80 年代设立保护区以来，蒙古野驴、鹅喉羚等野生动物明显增多，普氏野马自 2001 年首次放野以来逐渐适应野外生活，成为卡拉麦里自然保护区的一道美丽的风景。蒙古野驴，国家一级保护动物，保护区内有 400 只左右。

类似的生活

楼下三只小猫
四个月大了，它们由猫妈照料
每天，我太太定时喂食两顿
三只小猫除了睡觉
整天活蹦乱跳地游戏
无忧无虑的双眼充满好奇
不知道分开的日子在长大后来临

这种生活，仿佛让我回到从前
小时候我和姐姐、哥哥
在一张桌上吃饭做作业
嬉笑打闹地生活了十来年
长大后却一个个分开了
如今想聚一聚
已经变得越来越难得

2013.12.29

列车上的一夜

为了拍摄几只叫蓝喉蜂虎的鸟
我把自己当沙丁鱼一样
塞进了拥堵不堪的
杭州去武汉的夜行列车
激情、烦躁还有逃离的快感
像一瓶突突冒泡的啤酒
直到站台上的路灯开始在窗外摇晃
汽笛鸣响，我的心
才滑入正常的节奏。很快的，车厢内
伴有汗味的鼾声此起彼伏
熄灯后的夜色更深了

列车上的一夜，疲倦
而难以入眠
心总在担忧车厢里会不会
发生一场江湖打劫
把我装有大炮镜头的摄影包包拎走
似睡非睡间，不时
被一部叫《天下无贼》的电影惊醒
傻根讲火车上木有贼
反正我不信

此时，同行的老蒋鼾声雷动
这家伙总喜欢把自己睡觉的快活

建立在不让我安睡的痛苦之上
时快时慢的车速恍若拖曳出夜行的心思
人到中年，骤然面对荒芜已久的庭院
阴郁的天空穿过一行灰色的泪珠
蝎子的抓挠，青铜色的古钟
发出幽幽的清光
骨子里我听到了滑落之声

风依然敲打我的无眠
我要放下一些所谓的责任，同山野、滩涂
飞羽和风撩动的芦花浑为一体
不再把我的余生伪装成
一个表面一脸惘然内心却愤青的人
我需要去一些鸟经常出没的地方
去静静地听它们说说话
呆呆地看它们在蓝天里自由飞翔

2014.6.27

猫知道一生属于哪里

一些走了
一些又来了
猫知道一生属于哪里
从出生到老去
它会一直生活在一个熟悉的地方
这只黑白懒散的家伙
每天总在我视线里固执呈现
今天晌午，为追逐一只麻雀
它失足从树枝上掉了下来
在回头看到我笑的一瞬
它懊丧的表情就差捶胸顿足了

一年多了，经常喂食
由陌生到亲近
每次，我感到它看我的眼神
更像是一种朋友
它的叫唤充满了期待和依赖
作为一只衰老的流浪猫
我不知道
它已经在这生活了多少年
但我知道
它的余生会在这里静静走完

2014.5.8

去一个从未打算去的地方

一只笼子在等待一只鸟。

——[奥地利]卡夫卡

一块碎玻璃，上面
沾着血，
一只鹰耷拉着脑袋
奄奄一息。
眺望天空，听见
一阵久逝的鸟鸣。
鹰的不幸
在于它的迷失吗？

半夜，门
不自觉地醒来，
恍若黑衣人
送来一对黑色的翅膀。
去一个
从未打算去的地方，
做一颗
上帝随便掷的骰子。

你知道
生活有多累啊！
记不起谁说的，

路灯，放大了
猫一晃而过的身影，
有人
想去一个从未打算去的地方。

围城的故事
小说家
多年前就生动描述过。
看着每天
太阳照样升起，
我明白：
即使去一个
从未打算去的地方，
也不过是
一只笼子在等待一只鸟。

2013.12.26

水　牛

它越来越少，土地也是
它孤寂地吃着草
惊恐地看着更多的活被“铁牛”替代

牧童的笛声是很古老的事了
伤感时，只有一种叫牛背鹭的鸟
飞来陪伴，听它唠叨
用喙轻轻安慰

怀念早出晚归的岁月
晨星引路，鞭声轻吻着身体
水田里劳作一天
为所有庄稼找到最适宜的春床

月光落在草棚
而牛难以入眠，它反刍心思
提心吊胆过着春夏之际的每一天

2015.5.29

天日昭昭

那是一场纷纷扬扬的雪
1162 年 7 月临安城酷暑难熬
百姓却用锣鼓、鞭炮和
满天飞雪一样的冥钞、锡箔、素纸
庆贺沉冤 20 年的岳飞终获平反

850 多年后，伫立坟前
古柏森森，石俑庄严，佞臣跪地
灵隐寺的钟声悠悠传来
似一段历史
反反复复终归平静

不要一叶障目，不要指鹿为马
以“莫须有”诬害忠良
也不要唯我独尊，百世流芳
历史从来是
天日昭昭，后人评说

2015.6.14

晚景虚构

老猫在门口昏睡
浅浅的暮光
化成咳嗽沿老墙滑落
藤椅上苍老的男人，看着
天色又一次暗下来，一种冷颤
令他十分怀念他的妻子
他感到心中的一块旧表越转越快

双眼模糊，记忆逐渐紊乱
眼前刚发生的事
轻易忘记，而多年前的事
却在脑门久久峰回路转
一些稀奇古怪的病不时造访
看病住院的频率明显增快
仿佛所有迹象都在暗示
人生的蜡烛
到了该熄灭的时候

他想悄然离去，不惊动任何人
鳏寡孤独，生老病死，一切为法
这杜撰的场景，飘然的心念
不是打着扇子能够轻易回绝的
谁不贪恋人生，谁不梦想
在未竟的事里画上句号？皇帝走了

忠臣、奸臣走了，美人、诗人走了
世上最亲近的人走了
如今，终于轮到他也该走了

死亡是一轮
握在手里温润而冰凉的月亮
虚构晚景
这门深沉而绝望的艺术
唯坦然面对，生因缘而生
事物皆悉无常终归虚无
禅钟过后是空空荡荡

2015.6.9

为什么夜晚降临更懂自己

当桃木的梳子
剔尽眉梢最后一抹日光
我无法婉拒褪去白天凝重的面具
享受隐匿夜色的自在

做一名凡夫俗子
在开始看清自己，我就
练习爱自己
爱自己，就是学会爱别人

在内心云淡风轻的旷野
一颗流星擦过肩膀
曾经的灿烂和失意
是暮色沉寂的浮尘与飞沙

2014.8.20

想念一个人或被人思念

得离开一会儿
坐了太久
阴影里很难看清
一个身影
被另一个黑影追逐

存在必有注定的理由
想念一个人或被人思念
变得珍稀而难得

隐晦的天色让人心冷漠
初夏的雨，漱洗了大街小巷
更考验着一座城市的良心

寿带鸟依然按时抵达
是南半球的寒冬让它们
奔命于此

低调优雅， 每年
用三个月完成繁殖育雏
再带上可爱的宝宝返回故乡

这种纯粹的生活
常在一个人的时候温暖我

听雨水簌簌落下的寂然
想念一个人或被人思念
需要一生的蕴涵

2014.6.24

写不出轻盈的诗了

天地轮回
许多生命却再也不存在
香火忙碌的清明之际
雨落之前
一群夜鹭飞过
如今它们是这座
愈来愈不安静城市的稀客

我熟悉这里的街头巷尾
南宋的皇历
是后人耿耿于怀的历史
官窑的冰裂纹
流着破粹帝国辛酸的眼泪
风铃一样空荡的身影
伫立孤山就能望见

丹顶鹤自和靖先生走后
就再没回到西湖上空
九百八十多年了
梅影鹤舞似一幅空灵的梦境
龙井茶越喝越淡
禅门紧闭
弘一法师离开虎跑寺也已多年

写不出轻盈的诗了
那不断从空中坠落的绝唱
让我不再年轻的心噩梦不断
二胡的悲悯声里
仿佛看到绝种三百多年的渡渡鸟
那憨憨的眼光里
挂满了轻信人类的悔恨之泪

2015.4.1

写一场雨

一场雨快落下来
是猫最先知道
猫是著名的窃听大师
据说它的听觉是人的十倍
能听见雷
在几十公里外的步子

写一场雨，我就会想到
猫躲在室外空调檐下
魂不守舍的样子
它认识我快三年了
始终同我保持亲切
又若即若离的关系

写一场雨，我就会想到
初中因没伞无法上学的窘境
那时的雨
总让我莫名地惆怅
我总幻想我同班上一位女生
共撑一把伞的样子

写一场雨，我就会想到
波切利的歌声在我书房踱步的样子
看着淅沥的雨在树冠滴落

想象地中海灿烂的阳光
我对梅耶斯《托斯卡纳艳阳下》的描述
满怀期待

一场雨，其实极其普通
它落在杭州
西湖就有了迷蒙的诗意
落在临安，那儿发了一场洪水
落在心里
我听见了我的声音

2015.6.25

雪夜，一只猫的心思

猫来到人类身边 9000 多年了，狗还要早几千年。很明显，狗把什么都交出来了，而猫仍保留了一个内在的自我。

——选自诗人侯马《他手记》

雪沁满夜色，猫开始不安
它不想叫唤
它知道
不会有别的猫来安慰它
孤独是每一只猫的命运
它习惯性地又一次
朝着雪花飞舞的五楼窗口张望
它希望黑暗的窗口
灯亮起来，还有它熟悉的声音

雪在身边织起一道浑沌的网
有点饥饿，它用舌尖
轻轻舔了下胡须上冰冷的雪
有两天没看到五楼的主人了
她每天的喂食
使它告别了流浪生涯
这种依赖为什么如此强烈？
难道是眷恋上了一种养尊处优的生活？
第一次，它忧虑起自己的选择

刚满两岁，作为一只刚成年的猫
它体会到了生活的艰辛
它有过三个兄弟姐妹
分开一年多了，它不知道它们过得如何
猫的一生，注定独自面对吉凶未卜的世界
它怀念在母亲身边的日子
兄弟姐妹一起戏耍
母亲甘甜的乳汁、温柔的轻抚和呼唤
母亲的脸，在雪夜里越来越清晰

2013.12.14

一只狗要多久忘记爱

狗不见了
从主人下葬的那天起

主人的女儿贴了告示
全镇的人
都知道狗没有回家
三个月后的一天
女儿接到墓园的电话
才知道狗一直在父亲的墓旁
陪着老主人

2014.8.17

一只流浪猫的生活纪事

猫的历史可以上溯到6000万年前，猫是家养动物中，最后一个被驯化的，它超然独立的个性，使得人类无法对狗那样对它们滥施恩惠而自居恩主。正是猫这种貌似神秘的能力，从而使之受到了某种尊重。

——题记

事实上小花曾经是一只将死的猫
按照人的说法
至少也是一只死过一回的猫
它的这些秘密，在我们小区里
只有我和我太太才知道

小花是一只小区里的流浪猫
两年前我认识了它
它是只五岁大的母猫
那时，它走路一瘸一拐，右后腿有血口
然而，它黑白的身躯依然丰腴
面容周正，它相当于人类三十多岁的少妇
正浑身散发着成熟的风韵
当时它正陷于一场情感纠纷
被外号幽灵，一身黑色的老猫王苦苦追逼
老猫王完全采用霸王硬上弓的套路
小花誓死不从，故浑身伤痕

事实上每个城市小区都聚集着一批流浪猫

猫的世界是个组织松散却严密
金字塔式的小社会，蹲在塔尖的是猫王
塔下排列几个母猫为主的家族，散户和个体
它们有领地，有活动范围，有专门采食区
混得好的还有经常投食的恩主
它们基本和平共处，井水不犯河水
只有到了发情繁殖期，为情欲
所困的母猫按捺不住膀胱的压力，到处
留尿标记，招来血脉贲张的年轻公猫
双方日夜婴儿般嘶嚎、交配不止
惹得愤怒的老猫王
不断地同年轻有野心的公猫打架斗狠

小花是一只温顺善良的猫
我同我太太近两年的喂食，使它粗通人性
每次吃饭，它都“喵喵”用鼻亲昵
甩甩尾巴，表现十分感恩
有时出门下楼偶尔撞见
它也懂得打声招呼，送我至小区门口
它浑身的伤病，后来
是我专门跑了宠物医院买了药膏
涂抹了半个月才痊愈的
但它毛发脱了很多，比一年前老了
它孑然一身，没有绯闻，也没有子女
这显然同它还处于生育期的母猫身份不符
也是我对它有疑问的地方
或许它是一只曾有主人并结扎过的猫
因种种原因被弃或出走而踏上流浪之路
也或许它是一只有过爱情故事
并身受某种巨大变故而绝然独身到底的猫

事实上我希望小花洁身自爱，健康活着
猫的爱情，昙花一现
公猫在同母猫恩爱缠绵一周后
撒腿不见踪影，母猫挺完三个月肚子
生产、哺乳、养育、训导猫仔十分辛苦
一只成年母猫通常一年两次重复
每胎可达四只，繁殖惊人
夭折也大，小猫能否存活下来
关键是看前三五个月母猫的饲养能力
事实上像小花这样找到定时喂食的恩主
要健康活着也不是件容易的事
它毕竟不是家养的宠物猫，如今
虽食物和水基本保障，但风餐露宿
江湖险恶，叵测难料

小花在今年夏天生过一场大病
从来一叫即反应的它
连续四五天没见影子，怎么呼它
都一点没回叫，我和我太太
认为它肯定遇上麻烦了，抑或悄悄死了
据说猫知自己将死有预感
它会寻个人找不着的地方永远睡去
那一阵，我俩有些伤感
第六天，我是在一辆不常开的车底下找到它的
它耷拉着脑袋，双目无神
一身皮包骨趴在地上
我太太拿来鱼块和清水喂它，它无力喵叫
只稍许吃了一点点，连续三天
我太太耐心侍候，给它拌了鱼饭
又掺了退烧消炎药，它才渐渐康复

猫始终保留着固有的桀骜不驯
从小花圆圆的瞳孔里，我看到它散发的超然
事实上人类的眼光关注或不关注
流浪猫始终生活在它认为该存在的地方
它们辛苦、自尊，时而逼仄、屈辱地过着每一天

2014.10.6

如何在乎

一

我不再醒来
总有一天，梦里的故事变得黑暗、冰冷
一生仅有的些许优雅
都化为青烟淡淡而去

天空时不时充满阴霾
湛蓝的天，越来越难得
我有时真不知道——
该如何在乎？

二

一月，江南的雪零星来过
梦见寒鸦在折断的树枝间迷惘
一座由书籍垒起的房间
时光进进出出
窗外，夕阳单薄
似一纸契约随时可能被风撕碎

年关将至，日子渐渐收紧
欠钱和收账的都焦头烂额

不时见到讨薪者在寒风里苦诉
上访者在公司门口示威，呆坐
几张老面孔一年一年日渐沧桑

官员们在新政下略显低调
往年爆棚的酒店冷清了许多

三

城里的鸟，越来越开始大声说话
日复一日增加的噪音喧嚣
鸟同人一样
经历着新的变迁

我已经很久没去植物园内的灵峰了
看到阳光洒到窗台碧绿的藤萝上
突然有一种探梅的冲动
想嗅一嗅腊梅的清幽
想看一看北红尾鸲立在枝头的俊俏

四

我时常走神，在开会的时候
领导的话语经梳洗打扮说出后
听来似乎一切与我有关又无关
那感觉，就像平时收阅的一沓沓文件
身躯裹满了一层肥厚的泡沫

腊八刚过，大寒即到
空中似乎并没有增加多少寒冷
不远的古镇安昌

已有了浓浓的年味，着急的人
忙着打年糕贴春联了

我也在想，今年的年该怎么过

五

泡壶茶，看《兰亭集序》
崇山峻岭，茂林修竹，清流激湍……
夜风溢出，闻到了魏晋风度弥散的遗味
向往田园，山水为乐
偶尔曲水流觞
偶尔也风花雪月

以内敛的姿态缝补自己
读些无用的书，做些无用的事
放下能放下的和不能放下的
等待往事散了，樱花开了

2013.1.25

平安夜

一

茶凉了，平安夜月冷星稀
仿佛今宵别梦寒
手指在黑白相间的琴键上跳跃
蓝色的风徐徐从远方吹来
一段段回荡的场景触手可摸
无花果串起了人到中年的悲欣

二

檀香袅绕莲花座上的佛像
一条来自北极的鱼
用鳍悄声滑过文字的肌理
在雪花和钟声飘落的平安夜轻轻叩门
同耶稣基督诞生无关
同净非净的心却有关

三

日子沉浮似杯底的茶叶
味道淡后随时被倒入水槽
北风凄厉，垄断了一个冬季的话语

走进严肃的厅堂，轻易就会发现
庄重的声音大多是说给别人听的
平安夜祈祷的平安只是善良人的一种企盼

四

平安夜的前夕
整条街的夜店开始不安
它们请来了圣诞老人、白雪公主
“魅力东方”还让门僮扮成北极熊迎候客人
温柔的背后
早已按捺不住血盆大口咬人

五

想起了那些早已不在的诗人
平安夜，我把他们的诗集同《圣经》摆在一起
我从小就读他们的诗
并常常在他们的诗句中想象他们的音容和脾气
有时我在想是不是也学学他们写诗的样子
或者学学他们中的一些人喝酒和骂人的样子

2012.12.22

除夕的雪夜

除夕的爆竹一阵阵响起
凛冽的雪花
便在年夜的门外飘落了
窗外，往日喧哗的街上
只有几个匆匆回家的人
饺子在热腾腾的火锅里翻滚
红底金色的福字贴在门中央
母亲给孩子派发起压岁包
姊妹们则早早围着电视看央视春晚了

门外，猫在流浪
这个雪夜，它将孤独度过
它的心情有点伤感
半个月前，它的伙伴不慎失足窨井而亡
那凄厉的叫唤让它束手无策
这个情景
是让一个下身半瘫的老太太瞧见的
听完她悲情讲述的这个故事
好几夜，我为那只不幸的猫辗转难眠

现在，忽明忽暗的爆竹烟花
不时映亮雪夜的天地
雪花早已覆满了古刹灵隐寺的牌坊
佛殿里，人头挤挤

烧头香似乎更代表了某些人的虔诚
所求的祈福无不带上浓重的功利色彩
莲花上，如来大佛端坐
四大金刚威严而视
熊熊的香火无不昭示着神灵能降妖除魔

我已然明白了我的心思
除夕，意味一年又去一年又始
受苦，直到承受者也是馈赠者
我一直没太明白梵音所言的大道
我关注过信仰迷失一度泛滥的空虚病
但这并不妨碍拜金和马屁术的狂热盛行
我怀疑白云是否还在山头飘浮
对人生的深情回眸，我知道
完成自我救赎只能是一种终身修行

雪夜，江南除夕难得一见的天气
我自然会重复怀念旧时守岁的场景
如今我的祖辈们都不在了
曾经四世同堂的年夜饭，到的人越来越少
今年，除夕的雪夜
我又去了那座叫孤山的山
走近林和靖和他的放鹤亭
体味先生隐逸山水，梅妻鹤子
诗意人生，逍遥自在的旷达境界

2013.2.11

第五辑

一颗心有多少墙在围堵

贴沙河

路过庆春门
我总想停下看看贴沙河
找一找我浸泡在水里的童年
还在不在

四十年前
我根本没有
富余的零花钱去游泳池游泳
贪玩的我和小伙伴
每年暑假
就把贴沙河当成了天然泳池

贴沙河杭州人历来叫城河
它曾经充当着护城卫士的角色
偶尔也跑一下龙套
露出杀手的峥嵘

每年，总有几个不幸的人
下河后直到第二天或更多天后
才面容苍白浑身肿胀浮出来
死亡带给活人的
是一次次哭天喊地的悲恸
唯一安慰的解释只能怪自己命薄

听说贴沙河现在很少淹死人了
原因是游泳的人大多去了游泳池
当年，我每次去贴沙河
从不敢跟大人讲
除了怕他们担心，更害怕
父亲知道后一顿痛打

现在想想，我的童年
经常在玩一件比较危险的事

2015.6.4

太平门直街的酒鬼

上世纪七十年代
我在太平门直街的庆春门小学读书
校门旁的一户人家有个酒鬼
他六十多岁，是一家之主
我每天上学放学都见他
独自从早到晚坐在家门口的小桌前喝酒
他喝最便宜的白酒和黄酒
菜十分简陋，难得荤腥
通常一碟花生米、二块豆腐乳
一碗霉干菜焐肉
有时，我会在庆春门口
看到他抱着酒瓶一摇一晃地回家
他脸上的微笑似乎告诉我
他从不在乎别人看他的眼光
他乐此不疲地喝
天天把自己的脸搞得通红通红
后来，我知道他的孙女就在我隔壁的班里
我看到有人喊她是酒鬼的孙女
她流下了很委屈和伤心的泪水
直到我小学快毕业了
她的酒鬼爷爷
路都快走不动了还在坚持喝

2015.7.2

想起露天电影里的一句台词

“我要放大一张我表妹的照片。”
“有底片吗？……”
这句台词宛如清新的夜里
吹来一股颤抖的空气

萨拉热窝的天空仿佛在燃烧
鹅卵石街道游荡着
幽灵一样盖世太保的眼睛
枪响前，她把手伸向了爱人
也把生命交给了死亡
这样的表妹令人叹息、痴迷和遐想

六十年代出生的男孩喜欢露天电影
心中藏着表妹情结，它像春风一样和煦
它是班上某位女生清纯的目光
表妹一度使我柔软，善感
也使我迷失方向

2015.6.12

站在背面看露天电影

我还记得
当年那股亚得里亚海的风
初中那阵，阿尔巴尼亚的电影
令我着迷，看完《海岸风雷》
我学会了孤单，第一次
站在背面看露天电影，有一种
从未有过的新鲜和轻松

自那以后
我再不去操场抢位
那些孩子气的事与我拜拜
我总是在电影放映后，随心所欲
站在背面，托着下巴显出
沉思的样子，有时靠着一棵树
就像电影里的接头人

站在背面看露天电影
除了画面反了
其它都好
我可以任意摆布我的身体
最快乐的是自由
不像正面的观众唧唧歪歪挤一块
有人放屁大家都得一块闻

弦月在星空穿行
四十年过去了
站在背面看露天电影
我开始长大，懂得了忧郁
若干年后，我还明白了：凡事
可以站在前面，也可以站在背面
可以站在上面，也可以站在下面

2015.6.25

裁缝走了

1962 年的冬天
一个宁波老裁缝走了

父亲说，那天阴冷刺骨
他从外地赶回老家给他的父亲奔丧

那年，我刚出生
出殡之日，我是在母亲的怀里给爷爷叩的头

这些事，还有关于爷爷所有的故事
都是后来听大人讲的

奶奶说，他的丈夫手艺很好
一生只喜欢剪刀和皮尺

临终，爷爷最后的一句话
是希望孙辈五人有一人接过他的手艺

但这话从来没被执行过
奶奶说，老头子的话不现实

他活着没能把儿子教成裁缝
凭什么让孙辈去接他的班

手艺从来是代代相传的
姐姐、哥哥在最好的时光里上山下乡了

后来，姐姐、哥哥和我全在单位里混
后来，我们都有了下一代

可从爷爷走后
家里再没出现过一个裁缝

2013.12.20

断　章

一

有一种声音无法阻挡，流逝的岁月
很快将我的头发染成霜白
一生中仅有的几件风流韵事
也如隔夜之茶淡淡而去
得过且过，生存的法则
让我早已学会向体制低头
唯一能做的是用一把刀把生活一分为二
在挣工度日之外，我用
自认为幸福感的事沉浸自己
比如赴万里之外追寻火烈鸟的身影
或是黯淡的冬夜里
用一段文字温暖凉意泛起的心灵
作为安慰，我用白雪覆盖我所有的失意
且用平静的声音告诉自己：冬去春来，平淡皆好

二

眼神的枯寂，是因为冬天的寒冷
心里这般寻思的时候
落叶正带走一个季节的最后几天
那些十分熟悉、富于飞翔的候鸟

也正以浩大的阵形迁徙温暖的南方
秋天，我的家乡曾经紫菀花开的地方
鸟儿的婉转啼鸣已被一阵风声替代
所有的生命悄然中寻找着自己的轨迹
当雪花一片片融入我的视觉
我的生活，渴望回归简单
同鸟儿一样质朴地顺其自然
同海明威一样划划船钓钓鱼
偶尔用手指直接搅搅杯中的咖啡
把文字简约得只剩下性感不用修饰

三

白天是脸，夜晚也是脸
从十九世纪伦敦的泰晤士河畔酒馆出来
福尔摩斯的脸纠缠了我的梦
阴谋在威士忌里进行
暗杀在女人激吻里完成
而福尔摩斯的拐杖似乎总能化解一切
在寂寥的冬夜，倦缩在被窝里
捧一本书，走入这样的老式故事
心情足以抗拒白天的那些烦扰
一个讲故事的人总在想接下去该发生什么
平凡的元素经他撮合，便轻易地打动了心
我也时常在想，我大可把生活同故事混淆一番
这样就可以活得糊涂和轻松一些
也不必同太多的脸发生什么关系了

四

三十二年前的夏天正午

一场台风暴雨刚刚停歇，我终于
从厌倦的中学生活解脱了
将自己藏于清瘦的面容中，我的心绪
在第一次高考失落后反显得轻松了
我知道我得容忍我青春期的错误
我是一个不称职的学生
扎进纷乱的书堆里
有点夸张地幻想成为下一个唐璜先生
一个侠骨柔情的花花公子
在青涩的目光交错中，我找寻
令我寝食不安的心仪女孩
她修长的双腿和清纯的微笑
如梦如幻地影响了我一生对女人的看法

五

坐在临安府的门槛上
南宋的雪，仿佛零零落落
一片金色的琉璃瓦面目黯然
一条精心修缮的皇家御街
再也回不到七百多年前的生活场景
说书场的戏文演义着宫廷旧事
长衫窸窣，宫灯消失在权力倾覆的那一刻
如今，赵家的皇宫只剩下几块石头
即使是这样，多年后的南宋
依然影响着这个城市的每一处细节
它的些许优雅、休闲和懒散
无不再现了一座昔日皇城的贵胄之风
犹如梦梁楼的食客
仍津津乐道于那几近失传的南宋菜肴

六

腊月，我收到了朋友寄自安昌的快递
一包腊肠和几片鱼干
还有他亲笔挥墨的福字
那一夜，寒风在窗外飘忽
他温和的音容弄湿了我的故事
他的家乡安昌，一座绍兴的古镇
每到腊月便弥漫了浓浓的年味
长长的廊檐挂满了腊肠、酱肉和鱼干
清早，打年糕的扯白糖的便忙碌了
家家户户的厨房飘逸着黄酒的浓香
中午，偶尔会有乌篷船在桥头迎嫁新人
夜晚，有几个师爷走过青石板铺就的长巷
他们是一台社戏里的几个角色
而其中必然会有一位是我的朋友

七

有些夜晚，猫孤独地走过
它的影子静静地
同零落的树叶叠在一起
一些欲言又止的话
像墙上蒙了一层灰尘的挂钟时走时停
日历里，我听到立春刚刚离去的步声
这个时节寒意未消
天空难见飞鸟划过的弧线
鱼儿依然在池塘沉思
万物都在等待一扇门的开启
许多陌生的灵魂都像年前挂起的灯笼一样

祈盼着来年有个吉祥的彩头
我也毫不厌倦地把一些文字植入风中
等待春天听它化为阵阵呓语

2013.2.8

身处其中

一

那一夜，乌镇西栅枕水而卧
波光透过木格窗棂
记忆凝固在江南水乡的梦境中
人生旅途，我的睡眠许多回
遗失在一个个陌生旅馆的面容里
时光在天幕留下不引人注目的划痕
回眸自己，人到中年
幻想在茫茫空间踽踽行走
如鸟儿遁入天际
灵魂似饥饿的麋鹿渴望溪水
在零落孑立的槐树影子里
淡然过完一生
春去秋来，我的白发
俨然超过了我的实际年龄
阳光下它白得有些固执和不安分
风吹起来更像少年时的羞涩和冲动

二

晚高峰之际，开车
爬行在黄昏挥别的道路上

如一条鱼在泥泞的沼泽里呼吸
空气弥散汽车尾气和热浪
夕阳揉进的夜色里
不时走过靓丽的身姿和倩影
风使裙子飞了起来
妖冶的色彩让人晕眩
一些潮湿的情绪在聚集
车窗外那些白天木无表情的大厦
酒吧、夜总会、按摩房都亮出了
惊艳的霓虹裙衫
舞步轻佻而诱惑
飘荡着一股脂粉和铜钿味
我的心智
一时迷惑在颓废里

三

实际上，你走了后
那座拱桥就没有平静过
我的视线里，阳光叠着你虚幻的身影
像把绸质折扇收拢又打开
打开又收拢，那竹骨清脆的声响
锋利而沉重
把五月末的黄昏挤出一片
血色残阳倒映在桥洞下的湖面上
逆光勾勒出刀刻般剪影
一群夜鹭在远处木桩沉思
微风撩起的往事在脉搏闪烁
听见一些哀怨
在南宋官窑的冰花纹里低沉倾诉
几滴水珠在船桨里升起

一些话语和标点符号
随海棠花的幽梦沉入湖底

2013.4.9

悄悄地把他干掉

天色将黑
离开保安戴笠故居
脑子里
老回响着戴笠的名言
——木熏熏全倒(江山方言)
（意谓：悄悄地把他干掉！）

哦，曾经
多少鲜活的生命
因此言戛然而止?
一瞬间
我被路灯轻易拉长的身影
仿佛凝固
耳边还是那句
——悄悄地把他干掉!

2015.3.22

围棋时代

谨此怀念我大学同学、棋友吴建华逝世十周年

——题记

大学四年，学会了
围棋。对它的疯狂，一度
超越了我对诗歌的迷恋。八十年代
我崇拜“宇宙流”武宫正树
和“天煞星”加藤正夫
那时，吴清源归隐，藤泽秀行多病
大竹英雄、小林光一、赵治勋高高在上
又离我太远。当时，中日擂台赛正酣
中国的老聂和小马虽锋头正健
但一个不帅，一个太妖
都非我的偶像，而武宫、加藤
正值当打之年，人品棋品
皆称典范

我不停地买书、摆谱
找人厮杀。班上、学校
凡会者都找上门去下几局
围棋古称“弈”
传为尧作，始于春秋
它十九条纵横直线，361 个交叉点
黑白两方，落子无悔

我最喜欢找同班同学温州文成人
吴建华。他绰号“鬼子六”
有“弃子王”之称。他自言
饱读了岩本熏的《弃子的魔术》
才开窍。开始他让我两子
我仍败多胜少。一度恐吴，成了心魔
围棋是道，入门易而入道难
棋艺进，则定要找上手下
找下手则愈下愈坏
贿赂喝酒抽烟，挑灯夜战
终从让两子至一子再至让先到猜先
至毕业时，我已呈领先之势
然他于我大学四年，在棋艺上
真有亦兄亦友之情

棋无常形，人无常势
可叹十年前建华同学弃子远走
往事悠悠，我心黯然！

2015.6.10

大哥的胃

上个月，大哥的胃
切除了三分之二。这事
他没想到，我们兄弟姐妹
也没想到
年前，他说喝酒没味道
接着又说吃饭蹩屈
去医院一查
胃癌

大哥的胃，原来很强悍
鸡鸭鱼肉都喜欢
管着小公司应酬多、饭局多
大哥长我四岁，十七岁
学会抽烟，二十岁开始喝酒
我二哥也是
我们仨，只有我不抽烟
酒浅尝即止

现在，大哥想到他的胃
一定后悔
手术后，化疗加放疗……
他十分紧张
烟酒，是再也不碰了
多么迫不得已的事

确实，很多人是到了黄河
心才死

大哥的胃，也让我难过
我俩从小睡一张床
长大后，虽各自为家
但兄弟终归是兄弟
大哥对我说
他怕过早去见父亲
没想到呀没想到
呜呜……

2015.5.25

老 蒋

作为比一般朋友更深的朋友
老蒋和我交往十多年了
他大我九岁
是家里的老小，我也是
除此，他和我一样还喜欢拍鸟
这点他是受我忽悠
才落水

老蒋，前年退休了
他开始不停地去外地拍鸟
一年里去了内蒙呼仑贝尔
云南西双版纳、马来西亚……
他就是觉得
一份公务员的退休金实在不经花
他不会开车，总找能搭车的同伙
也不停地找我，我们一块
去鄱阳湖拍白鹤，去盐城
拍丹顶鹤、去湖北新洲
拍蓝喉蜂虎……

老蒋，是一个不错的伴
我特别欣赏
他每次义不容辞陪我的精神
我在上班，每次外出

得抠出时间，而找
一个好的出行伙伴并不容易
老蒋开得起玩笑，说得了荤话
能吃能喝能抽，除了
睡觉呼噜太猛不能同屋
一切与我颇为投缘

老蒋，年轻时在兵团混
后来穿上警服去了监狱
大半辈子在同服刑人员打交道
他说，那些人就像关入笼里的鸟
服完刑才能重获自由，只是
近年笼里的鸟越关越多
老蒋一生最成功的作品
是培育了一个医学博士的儿子
他喜欢读我写的那些关于鸟的诗
并一本正经地对我讲：我常同你
在一起，你应该好好写写我

上周，老蒋同我去绩溪
拍白寿带，他一路戴着耳机
神秘兮兮地告诉我
他迷上了《康沃尔的早晨》里的排箫
这让我惊讶，这老东西
居然还对我讲
他听康沃尔有一种通灵的感觉

2015.6.25

卖鱼妇

她在万寿亭菜场卖鱼
十多年过去了，我看着她
从一个俏丽的姑娘变成中年妇人
鲫鱼、包头鱼、黑鱼、鳊鱼、鲤鱼……
日复一日干着相同的活

她老公半夜进货，她一早开卖
她的摊位总是人头攒动
不是鱼便宜，是她泼辣、干脆
把鱼杀得又快又好
我是她的老客户，近两年
几乎每周一次向她报到，通常
我没开口，她就知道我要五块一斤的
两条包头鱼尾巴喂猫用，她清楚我住的不远
一张读书人的脸，不是什么老板
但她对我用她千岛湖品质的包头鱼
去喂食小区的流浪猫，充满困惑
每次对我这种“浪费”有点痛心疾首
其实，我很理解她的不解
但我不愿解释

她了解我这个宁波人喜吃海鱼
对河鱼兴致不高，但有时
她也会忍不住向我推荐，我偶尔

也买条把鲫鱼和黑鱼
十多年来，我一直买她的鱼，除了固执
主要是她杀鱼剖鱼的手艺精湛
这本是粗活，毫无艺术和欣赏价值
但你想想，一双纤纤玉手天天泡在水里
活生生变成橡皮圈般肿胀发白皴裂的手
需要多大的承担和牺牲？
需要多少的劳作和辛苦？
每次，看她粗陋的手在砧板飞快地
舞弄刀剪刮鳞、剖肚、去腮……
我恍惚回到了中学读过的《庖丁解牛》里

十多年来，她坚持在万寿亭菜场卖鱼
她已经彻底把自己
从一个姑娘演变成了卖鱼妇
她每天卖数不清的鱼
杀数不清的鱼

2015.6.10

街景拾感

协　警

他穿着和民警一样的服装
天天出现在
杭城最著名的十字路口
他眼神犀利，挥着白手套的手
不停指挥着车辆和行人
时不时还同对讲机嚷上几句
他的动作和民警没啥两样
上岗五年了
他的资格比一些民警还老
说话口气也比民警更像民警
可他只是一名协警
他不能背“警察”的马夹
只能背“执勤”的马夹

天天跳楼价

一家卖景德镇瓷器的店
天天打出
“卖完跳楼价明天就关门”的标语

两年了，店门一直开着

我一直很怀疑
店老板是个无耻之人
他从不把自己的信用当回事
又如何做好生意？

他不仅糟踏了自己，还糟踏了中国
中国的英文叫 CHINA
CHINA，在老外口里也叫瓷器

卖鸡的

自从有了禽流感
生意就成了明日黄花
如今不卖活鸡卖冻鸡
一手杀鸡的本领
没了用武之地
抽闷烟的丈夫
看着在涂红指甲油的老婆
心中叹气！唉，想想
以前她这双著名的手
一分钟就搞掂宰杀、放血、拔毛……
如今实在太闲啦

卖馕的

卖馕的，两个维吾尔族小伙
在菜场外摆摊
生意红火，从伊犁来
一个叫热娃孜，一个叫买买提
馕是一种神奇的食物
也叫胡饼，是新疆人的最爱

我喜欢看他俩做馕
看撒上芝麻的馕
在烤炉变成金黄溢出特有的馕香
它令我怀念
我在卡拉麦里追拍野驴的日子
是馕一直补充着我的能量

我信新疆人的名言
馕是信仰，无馕遭殃

广场舞

没人怀疑
它不是中国大妈的最爱
每次，看到偌大的广场上
在音乐的伴奏下
统一的服装，整齐划一的动作
我都会莫名地昏眩和激动

中国大妈真了不起
她们会跳《小苹果》、《最炫民族风》……
还会跳红歌统领下的舞姿
她们陶醉的样子
恍惚令我回到六十年代的大串联
忠字舞、上山下乡……

那是一段刻骨铭心的历史
虽然她们在老去

2015.6.12

梦见了死去的父亲

十一月
梦见了死去的父亲

秋风乍起
枯叶从头顶飘落
殡仪馆的车
穿过半个城市来接你
又一溜烟消逝天边
从此，你
一个活得不算长久的人
时常在我的梦里

2003 年 11 月 1 日
下午 1 点 11 分
是你死亡的时间。我至今
惊愕，上帝替你
挑选了一个如此与“1”
紧密相关的日子
与我们诀别

一定是你的疏忽
把我弄到了这个世界
我，你众多子女里的老五
长大后，尤为感谢

已经不太年轻的你
依然对我妈的激情
在我已有两个姐姐和两个哥哥后
又义无返顾地
种下了我
这颗明显多余的种子

我小时的忧虑
多于快乐的时光
那个年代灰色的印记
像墙上的标语口号，多年后
才慢慢抹去。父亲
你严肃的脸，棍棒教育的一套
很长的日子里
我对你
敌意大过敬意

如今一晃
你走了十一年有余
我一直收藏着
你入院后的全部病历
我妈、大哥在你走的那天
决意烧了它
我一把夺过留下了
说不清为什么
也许只是一份念想

血缘，是一纸契约
灯下，打开你泛黄的病历卡
仿佛又闻到病房的气息，一张
枯槁的脸历历在目

想到你，临终
握着我手说不出话的眼神
我知道
你不愿死……

梦见了死去的父亲
在十一月

2015.1.18

写作状态

我写作时的状态
同天气有关
这是我最近发现的秘密

晴朗的日子
那些临窗飞过的鸟
我看不见它们的脸
但歌声里，我听出
它们的心情不错
这时，我敲击键盘的手指
就格外灵巧和顺溜
其实，那时是我最少用于
写作的时间，因为那时
我多半在单位办公或开会
三十多年来，那些晴朗的日子
最大的好处是让我
已经习惯用这段时间
想些该想的和不该想的事

阴沉下雨的时候
我首先得找一炷沉香熏熏
再泡一壶普洱，放上
一段音乐，等红茶慢慢荡漾
一口醇香滑过喉咙

席琳·迪翁和莎拉布莱曼的旋律
填满空间的每一角落
耳膜松弛变软
我开始冥想
说来奇怪，我总想到一些
怀旧和怅然的事，一些熟悉的老脸
结果我敲出来的字
也像出门忘了带伞
浑身湿淋淋的

夜色深沉的时候
不管月亮有否，星子
是否在屋顶散步
我的心思
如夜行的猫一样尤为泛滥
我会在纷杂的谷物仓里
很快找到猎物
并从一堆庞大的文字里
组成我想要的行列
我不抽烟，但这时
我会不自觉地像我父亲生前
嗜烟一般
用左手的食指和中指
做出夹烟的虚拟动作

写作是一件私事
它同心灵有关，而我
还同天气有关

2015.6.10

虚度光阴的生活

我们并不是真的
生活过，一下子就过去了
看不见，一阵风吹过
“在那儿”和“不在那儿”和“时时”之间
——保罗·策兰《多少星辰》

一

今晚，我开始写一组
虚度光阴的诗。寻些同己
有关非关的感觉，是心底
自然流出的水，载着秋叶
潺潺没入冬季。等待一场雪
在杭州显得漫长，雪意味
一年行将过去，我短暂的一生
又长了一岁。我一生都在这个
史称南宋都城的城市里混
在此出生、成长，娶妻生女
也将在此老去、死亡。我一个
无名诗人不想多么有力，我喜欢
躺在夕阳映红的芦花里，闭上眼睛
听一行行大雁呼唤着消逝天际

二

所有的没感觉，来自
曾经的有感觉
所有的不在乎，来自
曾经的太在乎
窗外，铁锈的栏杆爬满了藤蔓
心在落满四季枯叶的阳台上漂浮
我开始跟自己说一会儿话
镜子灰蒙，潺潺话语
回荡的是满屋秋风吹皱的往事
一个扬尘和雾霾频繁的时代
学会低头走路，我布满
瘢痕的手无力驾驭权威的力量
我自闭沉默， 只能
经常自己给自己充当旁观者

三

世界安静之后才是你自己的
守一堆书，夜晚的书斋
流星嫣然一笑，生活回归了本然
仿佛一本书寻找另一本书
一个时代呼应另一个时代
一行文字在解读另一行文字
里尔克找到了莎士比亚
茨维塔耶娃看到了马拉美
冬至，一年中最漫长的黑夜
只要有微弱的一点星光
就阻挡不住书里一个个灵魂出走游荡

以诗人信徒的名义，我藐视
白昼映于眼帘的真实影像
乐于沉浸黑夜的虚无而迷失自我

四

秋末，我喝下红酒，写些往事
一对鹊鸲准备过冬，满墙
爬山虎经过霜洗鲜红透亮
这一年，我愈发淡泊
不仅宽宏地对待别人
也大度饶恕着
我种种无所事事的状态
我知道，我在老去
像楼下那只患着皮炎的黑白老猫
整天晒着太阳，懒得外出觅食
我拒绝过频的社交、聚餐
还有赶庙会般的诗歌活动
不愿夸夸其谈，我在我的面前
设一祭坛，屏住呼吸走回自己

五

现在，几万只大雁紧紧蹲伏
相互拥抱，八百里草甸
风吹起伏，湖面粼粼的月光皎洁，孤寂
这样的夜，心灵却忧伤。听着
十二月的霜，一点点融入冰冷的夜
我捧着暖杯的手开始舒展灵活
为什么一直在坚持？
秋末冬初，急切地等待奔赴一场邀约

那些干枯的河流、污染的湿地，还有
空中不断漂浮闪着杀气的捕鸟网
是我要看到的候鸟天堂吗？
鄱阳湖的夜，是凶机隐伏的夜
沉睡的背后睁着淫邪窥视的眼睛，有人
天天在扼杀鸟类鲜活的生命

六

江湖混沌，我一直在挣扎
是谁让我深陷而难以逃离？
从识字断文开始，我一生
在所谓正统和非主流的漩涡浮荡
像无数被雷声驱赶的雀群
无数的证据表明，许多事
不以个人意志而左右
我的心中充满泡沫，委身于
我的坦诚和沉默，甚至
有些虚伪地取悦这个让我双眼模糊的舞台
以微笑遮掩我真实本性，我舒展
我所剩无几的智慧，乐于走入
某个边缘的房间，摆弄丢失已久的童趣
付清我半生过多的欠账

七

古铜偏红的月亮，经媒体的渲染
成“红月亮”了
据说红月亮的出现，一生难得所见
那晚，我早早架起超远高倍镜头
只为近距看看红月亮美丽的脸

许久，灰褐的天幕上，它出现了
天哪！这张悲苦的脸，可是
我期盼的红月亮？它淡淡的没有血色
像个饱经风霜的妇人。这难道
还是亘古传说“天狗吃月”的红月亮吗？
泪流满面，我无力拨开浮云、阴霾
红月亮的阴郁是一块无言的字碑
夜鹭在空中划过，我听见
它的叫声充满了对红月亮的哀叹

八

兰亭茶叙，一座茶楼
不在书法圣地绍兴兰亭，而在
杭州城西。我和梁兄乱寻入内
喝了半天的水，聊了一桌的话
这年头，朋友越交越少
和梁兄却是例外，我俩认识两年
仿佛已然相交三十年，梁兄同感
因诗而识，梁兄说：诗是一生
以命相许之物！我同感
我视诗为生命信仰！一丘之壑
我俩交谈茶水般纯净、透彻
对茶楼满墙所谓的名人字画
和柜里陈列的山寨古董
居然都没一点兴致

九

等待镜头里最后一张杏叶落下
秋天就过去了。对着

殷红的夕阳，我留下
逆光里它金灿灿的影像
瞬间凝固。我喜欢
呼啸的北风里，燕雀一群群飞过
杏叶一张张飘落。暮霭山道
惆怅清凉。持一盏青灯，宋词
走出亭台楼阁，看见苏东坡的背影
在西子湖畔若隐若现
不断梦见秋天的过去和来生
时空变幻，天地依旧
所有过去的秋天，就像
飘落的杏叶，生生死死永不停歇

十

放弃，就是撒手，就是
不想玩了，就像雕鸮放下屠刀
回到寺院，听禅打坐
不过问江湖，不过问成败
面对佛龛，慈悲为怀。允许
时间慢下来，黑夜守着枯灯
细细聆听灵魂从梵音滴水而过
再等待一场纷纷扬扬的雪
埋葬自己，埋葬回不去的过去
无际旷野，放下眷恋
我慵懒的目光同寥落的星辰为伍
写一首刻骨铭心的诗
让十二月的风在草尖跳舞
同我默泣，同我吟唱……

十一

今日立冬，水始冰。冷是
正式地开始了。一年了，楼下的小猫
长得跟她母亲一样结实了，我有时
分不清谁大谁小，哪怕天天
看到它们。生活需要多少慰藉？
雪悄无声息飘落，流浪猫依然在流浪
它们没有宠物猫的骄矜和衣食无忧
小区呆久了，踩着人的节奏
习惯了每天早晨和黄昏等候喂食的恩主
生病挨饿，委屈逼仄
却时时考验着生存。夜色凉薄
饥饿的目光看着世界。偶尔半夜
我被一阵人嚎似的
“饿、饿、饿”的猫叫之声所惊醒

十二

树枝潮湿，猫心情阴沉
太阳没有露脸的意思，冷的空气
隐含雪的味道
柿子树已枯萎，吵了多日的雀鸟
终于安静了。我一直在等
一个约会的时刻。一本旧书打开
往事被风纠结，听着钟摆的节奏
走入老宅，看到墙上女主人的微笑
一如生前那般含蓄、矜持。点上
一炷香，才清醒意识到她走了三十年
一段说长不长、说短不短的日子

爱情、蔷薇花和前苏联的经典老歌
都像多余的光隐没于黑暗
谁能告诉我，别了还能重逢否？

十三

一场恶作剧，拉回到三十多年前
在一个多子女的家庭一直存在着战争
我家五个孩子，我上有俩姐、俩哥
我庆幸那个年代没有计划生育
那时，文攻武卫热火朝天。家里，我与俩哥
也战事不断，你死我活，每次不弄出
血和伤不会结束。一直到初中，我多半吃亏
但我也不是省油的灯，有一次
我狠狠报复了大哥。他高二时
暗恋班里叫“苹果”的女同学，我得知
便冒“苹果”之名，写了封肉麻的情书寄给他
他果然中计。 看他花痴般恍惚、难以自禁
我甚为开心。至今，我仍然怀疑
他后来热衷情事不知是否与此有关

十四

我瞬间的苍白，多半来自内心的承载
那些从小根植于体内的种子
一直在等一个开花结果的日子
我沉浸一个自我营造的世界，尝试接近
一只鸟，它的瞳仁却不停让我迷路
雾霾过早垄断了这个城市
鸟儿和人都迷失了方向。我记得
我存在心里的那些话，我当然还记得

对着月亮写下人生第一首诗歌时的激动
唉，我庆春门外的泥泞上学路
我中学里的初恋故事……
如今，风被闲置，我站在窗前
希望有群灰雁人字形飞过
初冬，该是它们从北方迁徙南方的时候

十五

等待一场宋朝的雨，在紫阳街
我在秋夜边沿伫立了半天，紫阳街的雨
才姗姗落下来。屋檐下的红灯笼
学着宋朝的模样，把石板路映得红光四溢
三三两两游动的伞也如宋词的韵脚
叙说着老街漫长而久远的故事
北宋元丰五年，临海城一宿雷雨，九十九岁
道教南宗始祖紫阳真人张伯端终于仙逝
为纪念他，后人改街名为紫阳街。明历十九年
五位举人又立“五凤坊”。紫阳街的雨
自宋经明清，传承至今终归于宋
夜宿朋友奉仙坊的老屋。半夜，闻隔壁
遗老遗少进进出出，早晨问了街坊
才知是百姓供奉的仙人下了凡

十六

枫香树红了。秋雾在国清寺上漂浮
晨钟后，僧人朗朗诵经声里
天色渐渐明亮。很多年了
我没来这座著名的江南十刹
天台宗的发祥地，香火旺盛

天天有人对如来大佛顶礼膜拜
天天有人对观世音菩萨叩首祈求
禅，在寺庙如风一样轻盈
走走停停，看着众多的菩萨
我不知找谁倾谈。隋代遥远
今生又被浓雾纠结，我的影子
在梵音回绕的长廊和红墙上划过
佛是一种信念，似一对精湛的玉镯
而我终缺往生西方的勇气

十七

立在风中，人已老矣
淡忘之心在手里哆嗦
风吹过万物也吹过我的身体
人在小时候是有梦的，天空湛蓝
飞鸟总会在梦想的地方出现
鱼也是自由自在的，有太多的河流
它轻易能找到想要的生活
今夜，孤独却在城市上空游荡
存在与消失，让我
成为另一个我。鸟迷失了故乡
鱼找不到干净的水
路走着走着不见了。暮秋，风继续吹
残阳如血，我把自己一口饮尽
想想死是迟早要来的事
我在世的表情也就无所谓了

十八

万木枯萧，阴冷浑浊的景致

请允许我在秋天的最后一夜梦见冬天
期待一场雪，来自宋朝以前的雪
在西湖上空扬扬洒洒
江南，雪缓慢如一张萎缩的残荷
在呆过了一个季节才姗姗抵达
半夜，风声稀疏
我不想惊动安睡的灵魂
我默读前世亲人，留在
青铜器皿里的秘符，清幽的光里
闪过一声婉转轻柔的鸟鸣。月下
琴瑟和鸣，有人煮酒论诗，把高山流水
吟得柔情万种。尘世的眼睛
在秋天的最后一夜梦见了雪

十九

我堆砌的一把时光
在青瓷的花瓶里开出三朵莫名的花
不清楚冬日的阳光
在幽暗的房间呆了多久。天亮的时候
梦境露出牙齿，久违的话语
像一面镜子映出中年沧桑的面容
我的周围残留着蛛网爬过的痕迹
门外秋色正暗下来，大片的银杏叶
转身离去。我的心淌出音乐
那些清亮的声音可是清晨的天鹅湖?
哦，我有多久没听柴可夫斯基了
回忆从一本潮湿的书籍里走来
泛黄的照片，我看到一个少女的身影
还听到了上课铃响和我久远的足音

二十

人的周围还是人
现在，我的周围开始浏览不清
每一条街巷都在下雨
因为霾，一张纸愈发灰色
我的语言亦如误入沼泽的灰鹤
在人卑言微的咏叹调里忧伤沉沦
我，一个六十年代出生的人
在悖论且又相对自由的世界里放逐自己
我的理想也由曾经的符号变得虚无颓废
拥堵的站台，我恐惧黑压压的春运
想找一处角落安安静静过年
同我的女人喝点小酒，说些温暖的话
告诉她，我一生惦记着她
不管世界变得多么模糊不堪

二十一

回到一月阴冷蕴雪的夜
阿赫玛托娃的诗歌，让抽泣的空气
瞬间覆满了霜。自普希金的流放后
莫斯科的月光便恐惧泛滥，监狱里的鸽子
在远方咕咕鸣叫，孤独的船
在涅瓦河航行。白银时代的诗歌女皇
终生只为词语效力，彼得堡的动荡
阻碍不了你第一本诗集《黄昏》的面世
一次一次的革命中横遭批判、冷落
诬你为半修女、半淫妇，却仍熄灭不了
你对故土和人民的情怀。你说你知道

怎样去爱，怎样变得温柔和顺从
怎样面带迷人、魅惑、迟疑的微笑
用清纯、透明的眼睛来说话

二十二

梅花开了。二月，有多少情事值得怀念？
习惯了早睡早起，我头上的白发
证明老是从复述开始的。我每天清晨
赶到单位早餐，晚饭后，像遛狗一样
遛自己，然后回到电脑前，进入
半是昏沌半是清醒的写作状态
斑驳的时光，似乎收回了我所有的爱
我的中学、我的初恋
我的同学、我的妻子。如今女儿
都亭亭玉立，我的目光
一生只为温存她们，愿她们开心平安度过
我喝茶也偶尔喝点酒，我在复述中躺下
在复述中醒来。二月是被追赶的日子
西湖的薄冰等着初春来化解

2014.11.4—11.20

一颗心有多少墙在围堵

灰墙爬满了青藤
时间浮光一样被钟表绞碎
游魂残存的荷
一片片沉淀于心底

从赤身裸体离开母体
生命就开始
向生活低头。不停地
经历着一面面墙的围堵

在墙隔成的教室里
我们接受教育
学习文化。以及思索
痛苦和呻吟

在墙隔成的社会里
我们努力升官、发财
也学会颓废、堕落
和迷惘

偶尔出墙
却深感背后仍有一双双眼睛
盯着你
四周宛若有一堵无形的墙

莫名的焦躁。唯恐
不小心说错了话。日复一日
洗涤千篇一律的灵魂
很少人觉得不正常

直到青藤枯落，一颗心
停止了搏跳。还十分庄重地
用一块碑、一段墓志铭
把人隔成阴阳两界

2015.6.9

H 城的殡仪馆

H 城的殡仪馆
离市中心越来越近
是许多人没有想到的

我小时住在庆春门外
邻居家的爷爷死了
看他被三轮摩托接尸车运走
第一次觉得
他是去了一个很远很远的地方

若干年后
城市一轮一轮扩大，郊区
变成了城区，我从庆春门
搬到了市中心武林门
一下离殡仪馆又近了许多

像签了无数到期的神秘契约
我所亲密和熟识的人
越来越多地走入死亡的怀抱
我每次开车十来分钟
便领略了一趟生与死的最后诀别

我愈来愈熟悉
这个每个人都不得不去的地方

那些大小不一的厅堂，天天
排着号的焚烧炉，最让我
震撼的是一排排装满人的冷柜

赤条条来到赤条条走
再从冰冷的世界到熊熊烈焰
化为灰烬，一缕青烟
突然让我觉得海德格尔先生
“向死而生”的沉重和悲凉

H 城的殡仪馆一直想搬
但周边没有地方愿意提供落脚
它只能离市中心越来越近

2015.7.3

南山路上

除了著名的中国美院
南山路上
还有不少画室和画廊
有名的无名的画家都在此出没

这里就像一个江湖
有名的想更有名更有钱
无名的想出名想结交有名的人
开口不谈钱只谈艺术的沙龙
吸引了那些长发飘逸踌躇满志的
也吸引了眼神迷惘和忐忑不安的

这里的水很深且有些黑
出了名的画家
流水似的作画卖钱
而往成名路上赶的人
正煎熬着等这一天
过江之鲫的成功并不容易

他们都懂，生前名利双收
是毕加索，生前穷困潦倒
死后出名的是凡・高
现在都愿意当毕加索而不愿学凡・高

2015.7.3

月光下

月亮在夜色弥散后会还原一些东西……

缸里，游了一天的鱼
倾吐着一口口
白天呼入的浓重之气
我敲下的一堆
琐碎文字，经月色的漱洗
突然变得清澈起来

摊开一张白纸
宛若拉上窗帘，轻易
听到骨骼下思想隐隐作响
声音磁性，脆弱
执着地走了五十二个秋天

白天出门，晚上回家
每个人一生似乎都这么重复
生活裹挟汗水和尘埃的沉重
足以压垮一些生命
冷漠的相视里
人心空茫

自南宋离开这座城市
皇气就再也没有回来，西湖边

流传至今的许仙和白娘子故事
已寡淡无味
我的至亲长辈越来越多
去赴约鬼节
身边的朋友也同我一样悄然老去
哦，谁还在
中元之夜普度众魂？

月光下，有个影子倏忽消失
一只猫的眼睛熠熠闪亮

2014.8.13

这一天可以平静地度过

国庆之日，目望窗外
桂花树平静了，馨香已沁入泥土
街上，三天前就插上了红旗
从小谁告诉我，这一天
是光荣、自豪而神圣的日子？
我认识和不认识的人
相互道贺、祝福
想尽法子过得开开心心

宅在家里，我想今年
这一天平静地度过，陪着家人
烧些好吃的，喝点小酒
再泡一壶清茶呆坐书斋
看秋天的阳光一点点照进屋内
又慢慢不见踪影
直到一声鸟鸣和汲水的星子
夜空划过，呈现窗前……

2014.10.1

最后几天

人都会有最后几天
多半是在医院
被浓重的来苏尔包围
靠器械维持
残喘地睁着无神的双目
心脏一步一步
走向直线

死亡
一直是生命的邻居
十年前
老父临终的最后几天
就像时常闪回的电影片断

不止一次揣摩
并设想
我的最后几天将如何度过？
我一定拒绝一些事
比如夸张的手术和过度的抢救
赶在脑袋昏迷前
对唯一的女儿讲
让灵魂像羽毛一样安静地飘去

2014.6.24

图书在版编目（CIP）数据

穿过锁孔的风：帕瓦龙诗选 /帕瓦龙著. -- 武汉 ：
长江文艺出版社，2016.2
（浙江电力作家丛书）
ISBN 978-7-5354-8434-5

Ⅰ. ①穿… Ⅱ. ①帕… Ⅲ. ①诗集－中国－当代
Ⅳ.①I227

中国版本图书馆 CIP 数据核字(2015)第 235159 号

责任编辑：沉　河　　　　责任校对：陈　琪
封面设计：江逸思　　　　责任印制：左　怡　　包秀洋

出版：长江出版传媒　长江文艺出版社
地址：武汉市雄楚大街 268 号　　邮编：430070
发行：长江文艺出版社
电话：027—87679360
http://www.cjlap.com
印刷：武汉市首壹印务有限公司

开本：720 毫米×1020 毫米　1/16　印张：16　插页：2 页
版次：2016 年 2 月第 1 版　　2016 年 2 月第 1 次印刷
行数：6750 行

定价：39.00 元
